我為何寫作

Why I Write

喬治・歐威爾（George Orwell）著

張弘瑜 譯

「我最想做的一件事，就是讓政治寫作成爲一種藝術。我的出發點，一直都來自於一種黨群意識、一種不公平感。……。我寫作，是因爲我想要揭露一些謊言、吸引他人注意眞相。」

「政治性的語言——從保守黨到無政府主義派，所有的政黨都一樣——都是爲了以假亂眞、讓殺戮變得値得尊崇，並使空話聽起來煞有其事。」

——喬治．歐威爾

歐威爾——是歐洲良心，也是受苦英雄

南方朔

今年六月八日是喬治．歐威爾最重要的作品《一九八四》出版六十週年紀念。一九四九年的這一天該書上市，英國印二萬六千五百本，美國印二萬本，但旋即售罄加印，在美國由於成為「讀書俱樂部選書」，立即印了五十四萬本。

這本書在真的一九八四年到來時，到達他的最高量，該年的企鵝平裝本售出了七十五萬冊。這本書縱使到了今天仍然因為全球各國學校列為教材而市場不衰。據估計，《一九八四》以及他第二重要——於一九四五年所出的《動物農莊》，加起來已有超過六十種譯本，賣出四千萬冊以上，在廿十世紀的作家裡，以他為最高紀錄。

《一九八四》乃是一部極具深刻底蘊的作品，可以連結到歐威爾的生平。根據後來出土的書信，朋友訪談等資料，今天人們已知道，書裡的黨幹部歐布里安（O'Brian）有著他唸寄宿學校時校長的影子；主角渥斯頓（Winston）一方面有自己懦弱壓抑的早年性格，也有他收養的兒子——後來命名理查・布萊爾（Richard Horatio Blair）的個性；至於女主角茱利亞（Julia）則是他和前任病榻前結婚的第二任妻子索妮亞・布洛奈爾（Sonia Brownell）的縮影；至於書中的刑求等場景，則一方面得自英國另一著名作家柯斯塔勒（Arthur Koestler, 1905-1983）——他曾在多個國家遭到入獄迫害，甚至還被西班牙獨裁政權判過死刑，死裡逃生，歐威爾從他那裡知道了各種刑求之事，而另方面也和歐威爾以前自己住院的痛苦療程經驗有關。另外書中最後的那部份，則從杜斯朵耶夫斯基的《卡拉馬佐夫兄弟》裡描寫的大陪審團得到啟發。歐威爾之所以傑出。乃是他能把所有這些所看所聽所感的元素，整合到了一個集科幻、寫實、嘲諷於大成的作品中。

一九九九年，乃是《一九八四》出版五十週年紀念，美國芝加哥大學特地為此書舉行了一次重要的論文發表及討論的學術會議。該次會議的論文經整理後於二〇〇五年出版。這次會議的主旨，是討論這本已過了半世紀，而且是冷戰初期的作品。現在的人還需要去讀嗎？這部著作是否還有未來的意義？綜合該次學術會議的論文要點，大致可以得到下述重要結論：

（一）《一九八四》乃是一部以誇張而「反事實」的方式對世界做了一個黑色的寓言。儘管它的故事在字眼中有簡單以及標籤化的缺陷。但因它的「反事實」敘述，對讀者而言就比較沒有罣礙的容易接受，並會因此而願意去做更深入的思考。設若這部作品以更寫實的方式來表達，甚或在地方及人物上給人對號入座的聯想，那麼它就會因為多了現實的好惡轇轕，而影響到附帶思考的深度。在這樣的意義上，它那種表現的方式乃是成功的關鍵。

（二）這部作品所描寫的那種想像世界，在經過了半個多世紀後，由於監控技術的發達，語言符號的操作更加成熟，以及訊息的生產更加片面化與被扭曲，其實是以一種更自動的機制在形成中。以前的思想強制可能需要諸如刑求、威脅、恐怖等作為手段。而現在及將來則可能像電影《桃色風雲搖擺狗》那樣，透過編製真實或虛假的事件而營造出氣氛，以及該氣氛下名為自由但實為不自由的思考及意識；此外，則是戰後迄今，由於公關這個領域日益擴張，人們的說話已由《一九八四》裡的「雙重言說」（Doublespeak），演變為一種可能更嚴重的「市場言說」（Marketspeak）——它的意思是，人們所認知與言說的行為，在概念、語詞以及指涉涵意上原本有著固定的關係，但「市場言說」則是把這種關係打亂，於是「是」變成「非」，「非」也會變成「是」。語言的混亂會造成是非的混亂。語詞的「脫道德化」，已成了近代極為嚴重的課題，如「侵略」被說成是「預防攻擊」，它似乎就不再是「侵略」，也就抹除了道德上的不安。所有的這些新趨勢，都已成了現在及未來的重大挑戰及難題，「九一一」之後以及接下來的反恐戰爭，即印證了語言及思想操弄的嚴重。而網際網路、無所不在的監視攝影，雖然以治安反恐為名取得了正當性，但設若情況改變，它的確為侵犯自由和隱私做好了部署。

（三）從啟蒙時代以來，人類之所以會一點一滴的進步，乃是人類為進步創造了許多概念上的條件，如「客觀性」、「自由」、「個人選擇」。人們以這些概念來評斷是非善惡及進步倒退，但到了近代，隨著「國家」角色的增強，國家間與國家內的關係開始緊張。訴諸「共同命運」的「團結」、「平等」等概念也告形成，於是所謂「團結─自由」「集團─個人」這個對立的難題就成了政治及社會哲學上的長期爭論之一，連帶的如到底是否有真正的「客觀性」及「個人選擇」，也開始受到挑戰。歐威爾在這些問題上其實是很悲觀的。在書的最後，「個人選擇」與「自由」被打敗了。在他活著時，這樣的結果被說成是它反映了共產主義的可怕，更強化了當時的反共反極權信念，而到了現在，共產主義——特別是史達林主義早已消逝，人們也就必然開始去看歐威爾的那種懷疑主義與悲觀主義思想了。

（四）人們到今天，已知道歐威爾的一生從在緬甸當警察起，就情人不斷，有緬甸娼妓、女理髮師、法國娼妓、女贊助人和女作家等，性的問題已成了歐威爾問題裡一個重要、神秘、而可以心理分析的重大破洞。而在《一九八四》裡，性即佔了重要的一部分。小說裡的溫斯頓，已婚分居而宿娼，他對母親有著罪惡感式的思念，第一次婚姻在性上的不能滿足使他成為「恨女人主義」者，並因而做著禁忌而又畏懼的宿娼。而女主角茱利亞對他所做的性的再啟蒙，終於使他一度相信政治的壓抑與性的壓抑乃是一組配對，專制主義乃是透過性的壓抑將性慾導向到政治的狂熱與壓抑上，小說裡那個偽裝和思想警察賣給他的那個裡面鑲著紅色珊瑚的玻璃畫鏡，遂成了性艾圓滿的象徵——性愛乃是性壓抑的重要防線，而這也是解放政治壓抑的根本。而到了最後，終於證明這只是一種空想，玻璃畫鏡破了，他們的性愛不但沒有被提高到反政治迫害上，反而是絕望的在性的自由想像裡，兩種自由皆告淪喪。歐威爾自己生命中的性與小說裡的性，因而成了歐威爾研究裡的重要解謎團，只需要從生平去找解答。

因此，總觀上述四個主要課題，歐威爾集大成之作的《一九八四》，對這個世界當然仍舊有重論的價值。這本著作當年被認為是戰後反史達林主義的第一本寓言作品，其中有關思想監控洗腦、刑求迫害、警察國家這些情節，都沒有因為時代改變而消失，他的威脅反而以另一種柔性的方式出現，這的確是歐威爾過人之處，近代描寫極權國家的許多專有名詞，如「歐威爾式的國家」（Orwellian），「老大哥」（Bigbrother），「雙重言說」（Doublespeak）等均皆出自他的手筆，單單這些，他就堪稱具有時代性的貢獻。而除了這些之外，隨著時代的過去，他的全集於一九九八年被戴維森（Peter Davison）整理出版，多達二十卷，八千五百頁；加上有關他的傳記迄至目前至少已超過了半打；以及對他研究的加深，許多更新的課題已告出現，例如他的作品涉及的許多思想問題，例如他為什麼會以寓言的方式寫政治小說？在寫這種型態的小說前，他早有多本寫實性的政治小說，為何那些皆告失敗？他的小說為什麼到後來只歌頌「平民」？他這個曾經自稱「左派」的人物，他所謂的「左」究竟是何意義？他對性的問題充滿了謎團，不但性關係複雜，性觀念也同樣複雜無比，原因為何？而最關鍵的是，由他的作品，顯示出他對整個人類的未來其實是悲觀無比。美國芝加哥大學法哲學及道德哲學教授、當代重要學者瑪莎．魯斯鮑姆（Martha C. Nussbaum）明白指出，「憐憫」（pathy）這個概念從古希臘悲劇和亞里斯多德道德哲學起，就是人類價值最後的核心，「憐憫」指的是人對別人的感受能有「共感」，它超越了特定對象，而成為一種普遍的感情，而歐威爾的作品裡最深層的乃是「憐憫的死亡」，魯斯鮑姆教授如此說道：「在《一九八四》的最後，渥斯頓逃避到了徹底自私、徹底反悲劇的自戀主義中，這不是一種突然的轉折，而是深指在他人格傾向裡的一種結果，如果他有好的家庭及社會條件支持，當可免於這樣的結果，像他這樣脆弱的蘆葦又怎麼可能寄予人性的期望。而歐威爾在寫的時候有意識到這一點嗎？我極懷疑。因為在渥斯頓身上，有太多歐威爾自己的縮影。」

魯斯鮑姆教授從歐威爾傳記以及人格發展等更新的角度解釋歐威爾，她認為歐威爾從中學寄宿起，就疏離自戀，追求個人突出，他一生極為辛苦與不安全，這些因素造就了他作家的聲名，但也丟出了許多更深的問題。而他的見解其實仍是相當學術但溫和的。當代主要思想家薩伊德（Edward W. Said）就表現得直接多了：

「歐威爾是個很有天份的觀察者，但他同時也是個與自己的觀察對象保持疏離的人。……他晚期得了多疑症，對周遭的人產生一種恨（厭）人類的情緒。……他的作品包含著一種極端不討喜的組合，一方面是對不義的強烈仇恨，一方面則是對人的增惡。……他有一種孤立心態，恨人類，在《一九八四》書中每一個角色都是主角潛在的敵人。他的遠景是荒涼和狹窄的。」

因此，對歐威爾，人們其實有著非常不同的雙重評價。從現實政治及社會的角度看，他確實觀察敏銳，他自我修正也極快，特別是對政客們的濫用語言，更具有那種後來語意學和語用學也不得不佩服的先驅之見。但換了一個更人性、特別是更心理分析及更哲學的角度，人們則發現歐威爾其實反而成了一個必被探討的對象。他是個活得辛苦、相當破碎而掙扎的人物。他自幼即多遭欺凌孤立、多病。父親又極平庸，是個離家在外的小殖民官。他有著非常獨特的反權威心態。而這種心態又是那種自居「圈外人」的冷淡嘲諷。他討厭女人，又迷戀女人，感情與性甚為顛倒。這也顯示出，要更透徹理解他，除了偶像地位外，還必須從他的生平傳記上著手。

喬治・歐威爾（George Orwell）是筆名，他的本名是艾立克・布萊爾

（Eric Arthur Blair），他的家系遠祖來自蘇格蘭。在曾曾祖父那一輩頗顯赫，在牙買加販奴起家，進到上流社會，但後來沒落，他的父親只是印度殖民政權鴉片部的一個小官，而他的母系家族也同樣是個顯赫的殖民家族，他的外曾祖父在緬甸的家裡有多達三十個緬甸僕人。他的父親大母親十八歲，他們一八九〇年在印度結婚，一八九〇年生長女瑪喬妮（Marjorie），而他則於一九〇三年六月二十五日出生於印度孟加拉的摩蒂哈里（Motihari），翌年他母親帶者姊弟兩人先返回英國，他的父親則留在印度工作，間歇的回到英國，一九〇八年他的妹妹愛雅兒（Avrie）出生，直到一九一二年他父親退休才返回英國與家人團聚。他父親是個平庸的人，當殖民小官一年才薪水六百五十英鎊，退休後年俸只有四百三十八英鎊。由於父母分離而且老夫少妻，據稱在分離時他母親另有情人，而他父親則在印度經常嫖妓。他退休返英後，在一個鄉村俱樂部當秘書。由於從小缺乏父愛，母親又熱衷於他們的經濟能力不足以負荷的上流活動，他自小缺乏父愛與母愛，十八個月大即罹患肺病，終身未癒。加以小時候唸書，艾立克這個名字常被取笑，於是他對父親取的名字極為厭惡，後來才替自己取了有蘇格蘭特色的喬治・歐威爾。由此可知他從小的不快樂與不安全了。

歐威爾最早進修女辦的幼兒所，修女對他不是很好。而後進初中，再後進了上流子弟唸的伊頓公學。他的求學生活後來有許多解釋，但綜合各種資料，他並不快樂，孤僻而愛讀書，很早就想靠寫作來突出自己，而在伊頓公學時，他的成績並不是很優秀。於是一九二二至二七年間加入印度殖民政府駐緬甸警察局。一九二七年十一月才辭職返英。他的緬甸探險，在一九三四年的半自傳小說《緬甸時光》（*Burmese Days*），以及伊頓公學時曾去緬甸探訪過他的同學口述裡，即可得到一個不好的印象。他那種為了反帝國殖民主義，「你必需成為它的一部份」的奇特反殖民主義觀點，即在當時形成。

歐威爾會到緬甸當警察有許多可能的原因：家庭的殖民傳統；來自父親以及想要超過父親的成就感；伊頓公學時的成績平凡使他難以出人頭地，而想去異地開創新天地。但他到了緬甸，所見所聞都是那種頹廢沒落但卻繼續宰制的官僚、特權、腐化，形同劫掠的劣根性；但他對緬甸人同情支持嗎？卻也不。

小說主角佛洛瑞（John Flory）那種既討厭殖民主義，又厭惡緬甸人的虛無主義，且在緬甸娼妓身上找寄託，即有歐威爾自己的影子。有個他昔日的同學去緬甸探望他，他也夸夸而談緬甸的娼妓如何如何，是「世上最美的女人」云云。

對此，像當代主要文化思想家伊格頓（Terry Eagleton）即有過尖銳批評。但這種奇怪的反殖民主義並非只有歐威爾而已，近代西方，縱使到了現在，仍然還有一種文化人，表面上反殖民主義，但他們並非反對殖民主義本身，而是反對殖民主義官吏而已。至於被殖民地則成了他們的一種鄉愁，而這種鄉愁又特別寄託在那些「垂手可得」（available）的被殖民地女子身上，他們的反殖民主義不是反「本質」，而是反「過程」——歐威爾自己就經過對「過程」的不滿。而這樣的思想，其實也和他自稱的「左派」及「社會主義」有類似之處。早年在念伊頓公學時，整個歐洲，當然包括英國在內，「社會主義」都是一種當令的潮流，但大家說的「社會主義」究竟是什麼內容，卻言人人殊，分岐的極為嚴重。歐威爾由於從小就被各種身份權威較高者欺侮歧視，因而他號稱「社會主義」，其實只是「反權威主義」的代號而已。這也是他一生既反權威但又想變成權威，不但內心掙扎，也長期思想矛盾的原因。

歐威爾一九二七年底離開緬甸返英，從一九二八至一九三一年，他以一種波希米亞人的方式在英國及巴黎漂蕩，這既是贖罪，但更是體會生活做為寫作的動力。這段時間他同時延續了在緬甸時的性冒險，而進一步和許多女子發展出特殊的關係。他在緬甸時的女人為娼妓，因而無名無姓，後來的女人則都在日記、書信、當事人以及朋友的口述中見諸記載，這段時間的女人計有：

——布琳達·莎克爾德（Brenda Saikld）：她與歐威爾同年齡，為牧師之女，美麗善良，但始終堅拒和他睡。她後來成了歐威爾一九三四年小說《一個牧師之女》（*A Clergyman's Daughter*）的主角，她忽然得了失憶症而到處流浪。藉著這部小說，嘲諷教會和英國的上流社會。

——愛琳諾·雅克（Eleanor Jacques）：她比歐威爾小兩歲，過去曾是鄰居。兩人有過性關係，後來女子與另一男子結婚。歐威爾曾多次糾纏而未果。她後來成了他另一本不成功小說的主角。

——瑪貝兒・費爾茲（Mabel Robinson Fierz）：她比歐威爾大十二歲。出生於巴西，夫為工程師。歐威爾落魄時得過他們夫婦資助，兩人有過時間不短的性關係，也有很多曖昧的信件留存。女子的鄰居也說過他總是趁女子丈夫出差時去同住；歐威爾的妹妹也證實有這些事。

除了上述有名有姓的女人外，無名無姓的似乎更多。經過這段漂蕩歲月，他一九三〇年曾在一間私校教過短期的課，而後即正式開始他的出書寫書生涯。《巴黎倫敦落魄記》（*Down and Out in Paris and London*）於一九三三年出版，這是用歐威爾這個名字的第一本書，其他如小說《緬甸歲月》、《一個牧師之女》等也相繼出版，但反應平平。他在一九三〇年代寫的小說皆為寫實筆法，無論文辭、敘事結構都顯得極為貧乏，儘管主題不錯，但實在難以吸引讀者。這種致命的缺陷不但評論家及朋友指了出來，歐威爾自己也警覺到，這乃是他改用寓言方式寫作終於得到成功的原因，但他那種寫實筆法用於小說創作雖然難有表現，但用來寫報導以及記實散文，卻很合拍，真正改變他命運的，其實是這方面的寫作。一九三六年他答應出版社在英國北部作「大蕭條」的失業報導，翌年出版《到威根碼頭之路》（*The Road to Wigan Pier*），一九三七年他赴西班牙參加反法西斯戰爭，加入「馬克思主義者工人黨民兵組織」（POUM）受傷而差點死亡，當年寫成《向加泰隆尼亞致敬》（*Homage to Catalonia*）；以及二戰爆發，他於一九四一年出版《獅子與獨角獸》（*The Lion and the Unicorn*），這兩本報導文學，受到人們好評，他也因此而能到「英國國家廣播公司」及「論壇報」工作，生活開始安定，也能有更多精神去思考創作的問題。

這三本改變他命運的報導文學，對歐威爾及英國當時社會而言，頗有獨特的意義。

（一）歐威爾不是思想家和哲學家，而是接近俗民社會的觀察家。因此，他儘管早年在念伊頓公學時即自稱「社會主義者」，但他的「社會主義」卻和當時的主流社會主義不同，他有同情弱者、反對權威的心態，卻沒有當時社會主義的主流信念，反而是對主流社會主義抱持批判的態度，在《到威根碼頭之路》裡，前面同情之人，最後則批判左翼運動。及至後來他在浪漫情緒下投入西班牙內戰，體會到俄共勢力出賣其他左翼夥伴，遂對俄共產生警惕。這都寫在《向加泰隆尼亞致敬》裡，這也就是說，他乃是歐洲最早看破史達林主義的第一人。儘管他的書使得後知後覺者的其他左派甚為惱怒，但卻受到既有體制的大力讚揚。他的改變時機恰到好處，這種先驅角色，使他發揮了關鍵影響力。

（二）他的《獅子與獨角獸》，寫於二戰之初，縱使今天讀來，都不得不同意它的確觀察敏銳而有說服力。歐威爾缺乏修辭的文采，寫作風格踏實，不咬文嚼字，沒有冗言贅語，用他自己的說法，就是「肚皮貼著土地」（belly-to-earth）。他在這本觀察分析的專書裡，表達出了一種不八股，肯定人性與文化，但有時也幽默的愛國精神，這樣的寫法已可算是一種經典。難怪此書一出，立即佳評如潮，認為它直追古典諸大師，近代英美主要文論家豪維（Irving Howe）稱讚它是「英國文士階級最偉大的道德力量」。這本書是他非文學作品裡的巔峰之作。

在整個一九三〇年代裡，歐威爾寫了四本寫實小說，嚴格而言都不算成功，這是他的瓶頸與限制，他後來發現這點而改弦更張，才有四〇年代的《動物農莊》和《一九八四》這兩本經典之作的出現，而整個一九三〇年代，也是他靠著非小說寫作而奠定聲名的時刻，他改變了落魄的命運。除此之外，他也於一九三六年六月娶愛琳．歐蕭乃希（Eileen O'Shaughnessy）為妻。這段期間也是他的性關係亂到不可思議程度的時刻，其中一些有名有姓者可以扼要敘述如下：

——他於一九三五年首遇愛琳，即猛追不懈。愛琳出身牛津大學聖休斯學院，唸社會工作，後來又深造唸教育心理。她正派而不豪放，性行為保守，認為夫婦做愛是為了繁衍後代，後來歐威爾在她面前也不諱言自己嫖妓和其他情婦之事，她更覺得與歐威爾做愛很骯髒。《一九八四》裡，主角溫斯頓的分居妻子凱賽琳金髮高挑善良，「但一碰她的肉體，她的全身立刻就會僵化，抱著她就像抱著一個木偶。她會把眼睛閉上，任你擺佈，既不拒絕，也不合作，只是表示忍受罷了。」它說的其實就是他的妻子愛琳。

——在與愛琳交往之前與同時，他尚與莎莉．傑若米（Sally Jerome）以及凱・魏爾頓（Kay Wilton）交往。莎莉比歐威爾小兩歲，儘管他多次要求，但她認為「他根本不想了解我」，因此始終拒絕與他上床。凱則小歐威爾八歲，她做了他的情婦八個月。歐威爾與愛琳、莎莉、凱的交往期間相當重疊，算是四角關係。

——與愛琳婚後，認識了愛琳在劍橋大學深造的同學妮蒂亞・強森（Lydia Johnson）。她是俄國移民，曾嫁予一名劍橋講師而後仳離。歐威爾對她曾多次撫摸輕吻，她都忍受，因此拒絕背叛愛琳而始終不肯與她上床。

——他後來進「英國國家廣播公司」及「論壇報」工作，先後發生關係的有「英國國家廣播公司」的秘書伊莉莎白、萊特（Elisabeth Knight）、桑黛・威爾辛（Sunday Wilshin）、溫尼費・貝威爾（Winifred Bedwell），以及「論壇報」的秘書莎莉・麥克伊萬（Sally McEwan）；另外似乎還包括女作家伊芮茲・霍爾登（Inez Holden）、女作家史岱威・史密斯（Stevie Smith）等。

一九四五年歐威爾之妻愛琳在子宮切除術麻醉時死亡。同年他的《動物農莊》、接著一九四九年六月《一九八四》出版。這兩部諷刺抨擊史達林的寓言著作，由於時值冷戰初期，它具有為歐美反俄思潮定調的作用，當然立即造成轟動。儘管人們對他可能很有意見，但後來也不得不承認，他對俄共，特別是史達林主義確實有著獨特的先見之明。他無愧為眼光敏銳、能領先世人洞察問題的前瞻人士。

但就在歐威爾功成名就，版稅收入也大增的時刻，他在幼兒時期即罹患的肺疾已日益嚴重，《一九四八》其實是在病榻上寫的，加以妻子也早逝，他們認養的兒子也不在身邊。他成了一個孤孑而年老已衰的病人。在妻子死後，他一度想要再婚，找過索妮亞・布洛奈爾、賽妮亞・派傑特（Celia Paget）、安妮・波卜漢（Anne Pupham）。這三個女子皆拒絕，只有索妮亞陪他上床做為安慰，其他兩人則都是文人世家出身，賽妮亞是另一大作家。前面已提到的柯斯塔勒的姪女安妮，則是大英博物館美術部門主管之女，本身就是個藝術史學家。但一九四五續弦未成，索妮亞還是在一九四九年末在病榻之側與他成婚，是歐威爾的第二任妻子與遺囑執行人。三個月後歐威爾病逝，只活了四十六歲。

他的第二任妻子索妮亞即《一九八四》的女主角茱利亞。她也生在印度，比歐威爾小十五歲，是個金髮女子，她早年曾住過瑞士，當畫家的模特兒，一度和近代主要的現象學家梅洛龐蒂（Maurice Merleau-Ponty, 1908-1961）相戀，幾乎論及婚嫁。她後來返英，在畫家圈內打轉，名聲有爭議。一九四五年歐威爾妻子愛琳過世，歐威爾向她求婚她未答應，但陪他度過一夜做為安慰。但一九四九年她還是答應了。

不過，索妮亞儘管名聲爭議，而且處理歐威爾的遺產也問題頗多，但她把歐威爾資料捐給倫敦大學的文學院，成立「歐威爾檔案」，單這一點即堪稱讚。由於歐威爾遺囑不希望別人寫他的傳記，她也極力阻擋。她最有爭議的乃是不會管理財產，不但遺產耗光，她自己也在法國窮困潦倒，最後淒涼以終。

而今《一九八四》已六十周年，歐威爾也逝世了五十九年。不論人們如何看待他的政治立場，至少都會一定程度接受英國近代主要作家及評論家普雷切特（V. S. Pritchett, 1900-1997）所說的：「他是歐洲永恆的良心」。以及他那種在政治上堅持自己判斷與觀察力，而不隨波逐流的態度。至於他的人格、精神等，相信他自我掙扎極大的問題則可能需要做更多的研究了。

前面業已提到，歐威爾以《動物農莊》及《一九八四》而成了二十世紀普遍影響力最大的作家，而其實奠定他地位的最早著作都是報導及評論散文，他的這些文學都不咬文嚼字、像現代多數文人那樣故弄玄虛。他的這些文章精簡、切事、透明、敏銳，有時則帶一點幽默，不強行說理而自然成理。這些文章在英美世界有時反而比小說看得更重，而這些則是我們忽略已久的。

本書所收的五篇，依時間順序排列是〈書坊雜憶〉（一九三六）、〈獅子與獨角獸〉（一九四一）、〈政治與英語〉（一九四五年五月）、〈我為何寫作〉（一九四六年八月）、〈關於甘地的幾點感想〉（一九四九）。這五篇文章乃是他的文章代表作，由於文章易讀易懂，在此不贅，就讓讀者去自行領會及讚歎。

目次

我為何寫作

一九四六年《流浪漢》第四期夏季號

大約從五、六歲開始，我就知道，我以後要當個作家。雖然我在十七歲到二十四歲之間，曾經試圖放棄這樣的想法，但我依然明白，這樣做是違背我的天性，而且在不久之後，我還是會安定下來，好好寫作。

我在家中排行老二，和其他的兩個小孩都相差有五歲之多，而且在滿八歲之前，很少見到父親一面。基於這點、以及其他種種原因，我從小就是孤單一人，並且很快就發展出一些惱人的難纏舉止，讓我的校園生涯充滿不受歡迎的回憶。和很多孤癖的小孩一樣，我不時捏造故事、和想像中的人物對話，回想起來，我想要進軍文壇的野心，應該一開始就和這種孤立與失落感有關。我很清楚我有一種駕馭文字以及面對不悅事件的能力，這樣的天賦幫助我創造一個私有的天地，讓我每每在失意的時候，都能很快振作起來。儘管如此，從我的孩提時代到青澀時期，所完成的嚴謹作品——意思是意圖嚴謹的作品——其實連六、七頁都不到。我最早的一首詩是在四、五歲間完成，母親卻誤以為那是聽寫作業。我已經想不起那首詩的詳細內容，只隱約記得跟老虎有關，那隻老虎有著「椅狀的牙齒」，這一句雖然寫得不賴，但我現在總覺得這首詩應該是抄襲自布萊克的《老虎啊，老虎！》。當我十一歲的時候，第一次世界大戰爆發，我寫了一首愛國詩，而兩年後因紀欽納[1]陣亡，它才和另一首詩一起，在當地報紙上被刊登出來。隨著年歲增長，我寫過一些喬治亞時期風格的「寫意詩」，這些作品多半拙劣，且多未完成。除此之外，我曾經兩度嘗試寫寫短篇故事，但結果實在糟糕透頂。以上這些，大概就是我在年少的那段歲月裡，還稱得上是認真看待、且真正付梓的作品總和。

無論如何，從某個角度來看，在那段時間，我確實算是浸身於文學的世界。像是每天那些剪剪貼貼的文字課業，儘管無趣，卻是輕而易舉。在此之外，我偶爾會寫些**打油詩**（*vers d'occasion*），完成的速度之快，可能連現在都無法想像——話說我十四歲的時候，就曾以約莫一週的時間，仿〔古希臘劇作

【1】紀欽納（Earl Kitchener, 1850-1916）：英國陸軍元帥、皇家行政長官，曾任埃及及陸軍司令、南非之役總司令，及埃及與蘇丹總督等職，第一次世界大戰時出任國務大臣，大力整編英國軍備，功不可沒，後於帶領艦隊前往俄國途中，遭德軍襲擊而溺斃。

家」亞里斯多芬的手法，寫成一部完整的押韻劇——另外我還協助校刊刊印版及手寫版的編輯。那些校刊可說是世上最可笑的玩意，不過比起現在那些廉價的報導文章，它們給我帶來的麻煩倒是少掉很多。除了以上這些，我至少有十五年左右的時間，都在從事另一種截然不同的文學性創作：那就是持續不斷地製造我自己的「故事」，一種只存在我腦中的日記。我相信這對一般小孩與青少年來講，應該毫不陌生。從小，我就想像自己是羅賓漢那樣的英雄，生活中充滿驚人的歷險，只是這類自戀的情節，很快就會在我的「故事」裡無情地消失，只剩下一段又一段的例行記事與平日所見。有時候我的腦中會閃過這樣的字句：「他推開半敞的門，進入房裡。一道金黃色的陽光穿透棉薄的窗簾、斜撒在桌上，上頭有一只打開的火柴盒跟一瓶墨水。他從口袋裡抽出右手，向前摸索地走向窗戶。底下的街上，一頭虎斑貓正輕輕踩著落葉……」。諸如此類的創作習慣，大概持續到我二十五歲的時候，正好彌補我那段文學志業的空窗期。然而，儘管我必須、也確實很用心地找尋正確的用字，但在某種外力的壓制下，我的白描工夫似乎總是難有突破。也許我的「故事」，多少有每個我所仰慕的作家影子，但就我記憶所及，我的作品裡，總是有種一成不變的細描風格。

在我十六歲的時候，我突然發現了文字本身的樂趣，也就是說，我愛上了純粹運用文字聲韻與相互聯結的藝術。在《失樂園》（*Paradise Lost*）[2]裡，有兩個句子：

> 伊苦心且勞力
> 勇往直前：且苦心勞力矣，

雖然現在它們在我眼裡，已經不再那麼精彩，但在我讀到的當時，可是讓我全身顫慄；而詩中取「伊」（"hee"）而捨「他」（"he"），光是這個用法，就讓我好生興奮。至於我對於描寫事物的需求，在那時我就已經了然於胸。因

【2】英國詩人彌爾頓（John Milton, 1608-1674）的名作，寫於一六六七年。

此，當我說想要寫書的時候，我已清楚地知道，我想寫那一種書。我想寫的，是一種長篇的寫實小說，沒有快樂結局，不僅充滿細微的描寫與直截了當的比喻，也有華麗的詞藻，以發揮文字的音韻之美。事實上，我規劃多時、但遲至三十歲才完成的第一部小說《緬甸歲月》(*Burmese Days*)，就是這樣的一部作品。

我之所以提供這些背景資訊，是因為我認為，當我們在評斷一個作家的創作動機前，應該要對他的早期發展過程有點了解。主題的選定，勢必與作者所處的時代有關——至少對我們這個動盪不安的世代是如此——而在他動筆寫作之前，他應該已持有某種主觀的情感，是他永遠都無法完全掙脫的。當然，就職業而言，作家是該盡力控制自己的性情，避免陷入不成熟的處境、或者產生失控的反應，但假若他想剷除過去的影響，那只會扼殺自己創作的動能。撇開生計的問題不談，我認為引發一個人寫散文、甚至寫作的重要動機，主要有四個。它們存在於每個作家體內的程度互異，甚至在個別的作家身上，也會隨著生活環境的變動，而有比例上的差別。這四大動機是：

一、完全的自我中心：例如想要看起來比別人聰明、成為話題人物、永垂千古、讓小時候冷落你的人好看等等。若說這不是動機、而且不是個強烈的動機，其實是騙人的。除了作家之外，這一特質對於科學家、藝術家、政治家、律師、軍人、成功的商人等等，也就是那些位處人類社會頂層的人，都十分適用。事實上，大多數的人並非極端自私，只是通常在過了三十歲之後，他們放棄了個人野心——更精確地說，他們幾乎完全捨棄了身為個人的價值——變得只為他人而活，或是靠辛勤的工作來痲痺自己。不過，有一小群天賦異稟、任性頑固的人，仍然堅持自己想要的人生，作家就屬於這一族群。我必須承認，相較於記者，認真的作家儘管對錢財較不在意，但絕對比記者還要自以為是、自我中心。

二、熱衷於美的事物：例如對於外在世界的審美觀察，特別是關於文字的選用、安排等等。音韻的精雕細琢、一篇好散文的堅實完整、或者是一本好小說的鏗鏘有聲，都會為作者們帶來快感。對他們而言，和他人分享個人情感，是很有意義的一件事，不應輕易放過。儘管許多作家的審美動機並不明顯，但就算是一般編寫宣導小冊或教科書的作者，大概都有一些莫名的偏愛用字與用句，或是對字體、文章邊距特別有感覺等等。在我看來，除了火車時刻表之外，應該沒有任何一本出版書籍，是能免除審美效應的。

三、基於歷史的使命：例如想要了解事情的樣貌、挖掘事件的真相，並將結果留存下來，好流傳於後世。

四、政治性目的：在此所指的「政治性」（political）一詞，定義極為廣泛，例如：將世界朝某個方向推進、試圖改變他人心中的理想社會型態等。我再度重申，這世上沒有一本書，是完全沒有政治傾向的。儘管有人認為藝術與政治無關，但這樣的主張，本身就是一種政治態度。

可以想見，以上這種種元素，肯定會相互抗衡，並因應時間與對象的差異，而產生不同程度的運作。從本質來看——所謂的「本質」（nature），是指當你初為成人的狀態——我個人是前三項凌駕於第四項。如果天下太平的話，我肯定是會寫出一些詞藻華麗或是純敘事的作品，且永遠不會意識到我的政治忠誠度。在早年，為了維持對國家的忠貞，我曾經強迫我自己，要成為一個宣傳手冊作家。首先，我花了五年幹一件不適合自己的工作（在緬甸的皇家印度警察局），接著開始承受貧窮與失敗的打擊。這一切，很自然地引發我對權威的不滿，並讓我首度意識到勞動階級的存在，而我在緬甸的工作，也開始令我對於帝國主義的本質有所理解。儘管如此，這些經驗，仍不足以刺激我明快地選定政治立場。之後，希特勒出現、西班牙內戰爆發，但直到一九三五年底之前，我仍然無法下定決心。我記得我在當時寫了一首短詩，以表達我的困境：

如在兩百年前
我會是個快樂的教區牧師，
一邊宣揚永恆，

一邊看顧我的胡桃

但生在一個極惡的時代啊，
我失去舒適的棲所，
唇上長出鬍毛
神職人員嘴邊卻乾淨溜溜。

隨後時代又變得美好，
人們心滿意足，
將煩惱放入搖籃
讓樹林擁抱。

沒有人知曉
我們曾擁有的歡樂；

金翅雀在蘋果樹上鳴叫
就已能讓敵人們驚愕。

女孩們的圓潤肚皮、還有杏桃，
在蔭涼的溪流中若隱若現，
馬兒與雁鴨在破曉時分飛翔，
這些都是夢想。

但當夢想不再；
我們只能隱藏、或毀棄；
馬兒以鉻鋼製成
只讓矮胖的男人騎乘。

我是那條從不翻身的蟲兒，

那名沒有後宮的太監；
在神父與人民委員之間
我像尤金．艾拉姆[3]一樣漂蕩；

人民委員對我述說我的命運
收音機正在播音
但神父已經說好會有一部奧斯汀
因為道奇先生（Duggie）向來都會付清。

我幻想棲身在一座大理石的廳堂，
希望醒來時一切已非夢想；
但我不是生在一個這樣的年代；
史密斯是嗎？瓊斯是嗎？你是嗎？

一九三六到一九三七年間發生的西班牙內戰與其他事件，讓事情有了轉變，也讓我明白我所處的境地。就我的理解，我在一九三六年以前所寫成的作品，不管是直接或間接，都是在**反**極權主義、**挺**民主社會主義。在我們的世代，如果認為可以避開此類的題材寫作，在我看來是很不可思議的。每個人或多或少都會觸及這類議題，唯一不同的地方僅在於，你是支持哪一方、採取何種論調。如果愈清楚自己的政治傾向，你就愈能在兼顧審美與知識內涵的情況下，大方地展現你的政治情懷。

過去十年中，我最想做的一件事，就是讓政治寫作成為一種藝術。我的出發點，一直都來自於一種黨群意識、一種不公平感。當我坐下來寫書的時候，我不會對自己說，「現在我要來創造一件藝術品」。我寫作，是因為我想要揭

【3】尤金・艾拉姆（Eugene Aram, 1704-1759）：著名的英國學者和殺人犯，於殺人過後十四年始遭逮捕處死，其犯罪經過，在胡德（Thomas Hood）的民謠以及布爾沃—李頓（Bulwer-Lytton）的小說中，均有傳奇性的描寫。

露一些謊言、吸引他人注意真相，我希望大家聽我說明。然而，在寫一本書、甚至是一長篇雜誌文稿的過程中，如果欠缺美感的考量，我也辦不到。任何想檢視我作品的人會發現，就算只是一篇單純的政治宣傳作品，裡頭也都藏有太多連職業政治家都認為多餘的元素。但說真的，我實在無法、也不想放棄任何我在童年時期就已累積的世界觀。只要我活的好好的，我就會堅持走我的散文風格、熱愛地球上的一切、喜好充實的事物、並扔棄無用的資訊。我沒有必要祛除我的這一面，因為我的工作就在於，將我根深柢固的喜惡，與這時代強加於我們身上、種種非關個人的公眾行為，連成一氣。

但這並不容易。除了架構與語言的問題之外，我同時還面臨一個真實性（truthfulness）的問題。我姑且舉一個較為赤裸裸的例子，來說明一下困難點在哪裡。我寫過一本有關西班牙內戰的書，名為《向加泰隆尼亞致敬》（*Hommage to Catalonia*）。這本書顯然是一部政治性的作品，但基於形式的考量，我的寫法有點超然。為了一方面呈現事實、但另一方面又能展現文才，我著實下了不少工夫。總而言之，裡面有一篇章節十分冗長，我用了許多引述報導之類的文字，來為那些被控與佛朗哥密謀合作的國際共產主義份子辯護。顯然地，像這種過一兩年就會讓一般大眾失去興趣的章節，想必毀了這本書。有個我頗為敬重的書評，曾經為此數落過我：「你何必將那種東西全部塞進去？這樣一來，簡直就把好好的一本書，搞成了一篇報導。」他說得對，但我還是無法不那麼做。多數的英國人都被隱瞞了一件事實，那就是無辜的人常被誤判有罪。要不是我正巧知道這件事，而且為此感到憤怒的話，我就不會寫那本書了。

這個問題，經常以不同的形式困擾著我。至於語言的問題，則是更為複雜微妙，得花很長的時間來探討。我只能說，接下來那幾年，我逐漸嘗試用較為平實精確的方式來寫作。無論如何，我後來發現，在你對某種風格已掌握得爐火純青時，你其實已經不適合那樣的寫法了。《動物農莊》（*Animal Farm*）是我第一本嘗試將政治與藝術目的融合為一的作品，而且在創作的過程中，我很清楚我在做什麼。七年以來，我未再創作長篇小說，希望不久後能再寫一本。雖然像每一本書一樣，它註定會是一場失敗，但我多少清楚地知道，我想寫的書是什麼樣子。

再回頭翻閱前一兩頁，寫得好像是我的寫作動機完全出於一種公益精神一樣，希望這不是大家對我的最後印象。所有的作家，都很自以為是、自私自利而且懶惰成性，在所有可能的動機底下，隱藏著祕不可知的答案。寫一本書，就像生一場大病，是個可怕且耗費精力的長期奮戰，要不是有個無法抵抗的未知魔鬼在驅使，沒有人想要做這樣的事。不過大家都知道，這個魔鬼，跟嬰兒哭嚷著引發大人注意的本能，其實沒什麼兩樣。再者，如果要寫出讓人看得懂的作品，一定得不斷努力隱藏自己。一篇好的文章，就像窗格一樣，道理就是如此。在促使我寫作的動機當中，我不敢確定哪一個是最強烈的，但我知道哪一個最值得我遵循。當我回顧我的作品，我可以清楚看到，只要缺少了**政治性**動機，我的作品就會毫無生氣，充斥空洞的華麗詞藻、矯飾的言辭與通篇的胡言亂語。

書坊雜憶

一九三六年十一月

沒在二手書店工作過的人，大概都會認為，二手書店就像天堂一樣，裡頭有一群迷人的老先生，優雅地在小牛皮裝的書堆中翻找著。不過，當我在一家二手書店工作時，最讓我訝異的，就是很少見到像樣的書生。我們那家店有很不錯的獨家收藏，但我懷疑，來店的顧客裡懂得分辨書本好壞的，是否有超過十分之一。一般來說，頻頻探詢首版書的假內行會比文學愛好者多，四處尋找便宜教科書的東方學生也不少，但最常見的，還是那些想為侄兒挑點禮物、卻三心兩意的婦女。

通常會找上我們的顧客，都是一些在別處被視為難搞，但可望在書店有所斬獲的人。例如，某個「想找一本給病人看的書」的老太太（這類的請求還算普遍），還有另一位曾在一八九七年看過一本不錯的書、祈求你能幫她找出來的老婦人。很不幸地，她對書名毫無印象，也記不得作者姓名跟內容，只知道書本的封皮是紅色。除了這些之外，還有另外兩種令二手書店敬謝不敏的奧客。第一種，是滿口蛀牙、渾身臭麵包皮味道的糟老頭，天天來跟你兜售沒什麼價值的舊書，有時還一天來好幾次。另一種，是常常訂一大堆書、卻無意付錢的客人。我們店從不接受賒帳，但我們會把客人要的書放在一旁，或者幫忙洽訂，一直等到客人來把它們領走為止。然而，通常要我們幫忙訂書的人裡面，能有一半履行諾言就算不錯了。為何會這樣呢？他們進門、點名要一些稀有又珍貴的書籍，要我們不斷保證會幫他們留著，卻又從此不見人影。當然，他們有很多都是性帶偏執，經常用一種誇大的方式談論自己，天花亂墜地描述他們是怎麼剛好在出門時忘了帶錢——我想在許多案例裡，這些人對自己所編的故事，應該都深信不疑。在像倫敦這樣的都市裡，總有許多性格怪異的份子，在街上閒晃一番後，就會朝書店走去，因為那裡是少數可讓人打發時間、又不用花半毛錢的好地方之一。經過幾次經驗，這種人一眼就可認出，他們高談闊論的內容多半過時落伍，且漫無主題。因此，當我們碰上這樣的偏執狂顧客時，只要他一轉身離開書店，我們就把他要的書全放回書架。不過，我發現，這些人從未想過不付錢就把書拿走。也許，光是訂書就讓他們有種真正花錢的感覺，這樣已經足夠。

跟大多數的二手書店一樣，我們店也經營許多副業。例如，我們賣二手打字機，也賣郵票——我是指舊郵票。集郵人士是一幫奇特、如魚一般安靜的族群，遍及各年齡層，但僅限男性。顯然地，一般女性很難理解將一些彩色紙片裱貼成冊的樂趣。我們還販售星座命理手札，作者是號稱曾經準確預測日本地震的某某人士，一份六分錢。我從未打開過這些裝封的預言手冊，但買的人經常回來告訴我們說，那些占星預言有多「準確」（如果上面說你對異性極富吸引力、你最惡劣的錯誤都值得寬許等等，這樣的星座書當然都很「準確」）。我們的童書銷路很好，尤其是廉價的「出清書」。現代的童書出版相當可怕，只要你看它們堆積如山的樣子就知道了。就我個人而言，與其給小孩買《彼得潘》，我寧願讓他看佩特羅尼烏斯．亞爾比特[1]的作品，不過再怎麼說，貝瑞[2]所寫的《彼得潘》，還是比後來一些模仿他的作品來得健康、有氣魄。每逢聖誕節的那十天，我們都要忙著販售聖誕卡跟月曆，賣起來很累，但若買氣旺盛的話，獲利甚豐。關於這種耶穌信仰受市儈精神操弄的現象，我曾經很感興趣。通常耶誕卡片廠商會在六月初的時候，就寄送型錄來探詢商家的訂購意願，在他們的售貨單上，曾有句話讓我印象極為深刻：「嬰孩耶穌跟兔子，兩打」。

不過，我們最主要的副業，還是在於租書服務，也就是「兩分錢，免押金」租書館，五百至六百本故事書，任君挑選。可以想像，偷書賊有多麼喜愛這樣的租書館啊！用六分錢偷本書、拿掉標籤，再以一先令轉賣至另一家店，要幹這種事簡直輕而易舉。儘管如此，一般的店家不想為了押金而嚇跑顧客，仍然寧願自行吸收掉書的成本（我們平均一個月掉十二本左右）。

我工作的書店位置，就在漢普史戴與坎頓兩鎮的交界處，來店的客群，從男爵到公車司機都有，整個租書服務的客戶，基本上就是倫敦市讀者群的縮影。因此，我們的排行榜就很值得注意了。那麼，最常「租罄」的作品是誰的呢？普里斯萊（Priestley）？海明威？威爾普（Walpole）？還是沃德豪

【1】佩特羅尼烏斯．亞爾比特（Petronius Arbiter, ?-AD 66）：羅馬作家，一般認為他是西方文學最早的小說範例《愛情神話》（*Satyricon*）作者，因其奢華優雅的品味，而有「優雅的裁判」（judge of elegance）之稱。

【2】貝瑞（J. M. Barrie, 1860-1937）：蘇格蘭小說家、劇作家，因著有《彼得潘》而聞名於世。

斯（Wodehouse）？都不是。第一名是戴爾（Ethel M. Dell），蒂平（Warwick Deeping）位居第二，第三名呢，則是法諾（Jeffrey Farnol）。[3]當然，戴爾的小說只受女性歡迎，但他的讀者群並非只有慾求不滿的老處女，或老公是煙草商的肥婆，而是不論哪種類型、年齡的女性，都喜歡看他的作品。男人不是不看小說，但他們確實會對某些類型的作品不屑一顧。粗淺來講，一般所謂的小說——也就是指一些平淡無奇、只分好人壞人、盡講些名流之間愛恨情仇的典型英國小說——似乎是只為女人而寫的。男人只看一些值得敬仰的小說，或是偵探故事。只不過，他們消化偵探小說的方式，實在令人咋舌。就我所知，我們有位顧客，每週都會來租四到五本偵探小說，而且終年不斷，這還不包括那些他租自其他店的作品。然而最令我驚訝的是，同一本書，他從不看第二次。他不記書名或作者名字，但只要瞄一眼，他就知道是否「已經看過了」。顯然那一整堆駭人的垃圾（我算過，以他每年閱讀的頁數，大約可覆蓋整整四分之三英畝的土地），都已經長存在他的記憶裡。

在租書館裡，你會看到人們真正的喜好，而不是他們裝出來的喜好。另外一件衝擊頗大的事實是，「傳統的」英國小說家，早已被打入冷宮。一般的租書館，已經不擺狄更斯、薩克萊、珍奧斯汀、特洛普等人的作品，因為乏人問津。通常一看到十九世紀小說，人們會說：「喔，這好**老**喔！」然後馬上害怕地離開。然而，跟莎士比亞的作品一樣，狄更斯的書在二手書店可是相當好**賣**的。狄更斯是大家「總是想讀讀看」的作家之一，而且他的作品在二手書店裡，跟聖經一樣有名。大家多少聽說過，西克斯[4]是盜賊頭子、米考柏先生[5]有個禿頭，這跟大家聽說摩西是在一個蘆葦編織的籃子裡被人發現，並且曾親眼見過上帝「背影」云云，有異曲同工之妙。還有一件值得注意的現象是，美國作家的作品，已經愈來愈不吃香。此外，短篇小說也逐漸失寵——出版商每兩到三年就得為這種事傷透腦筋。那些要求店員幫忙選書的人，通常會一劈頭就說道：「我不要短篇小說」；或者像我們一位德國顧客常講的：「我對小故事

【3】三人都是當時的流行通俗小說家。
【4】西克斯（Bill Sikes）：狄更斯名著《孤雛淚》故事中的人物。
【5】米考柏先生（Mr. Micawber）：狄更斯名著《塊肉餘生錄》中的旅館老闆。

沒興趣」。如果你問他們為什麼，他們有時會解釋說，每讀一個故事就得重新認識劇中角色，實在很累。他們喜歡長篇小說那種在第一章後，不必多費心思就能繼續「融入」的感覺。不過我認為，該怪的人不是讀者，而是作者。比起大多數的長篇小說，現代的英美短篇，根本死氣沈沈、毫無價值可言。但只要稱得上是小說的短篇，都**會**很受歡迎，像勞倫斯的短篇小說，就跟他的長篇小說一樣普獲好評。

那麼，我會想當個書店業者嗎？整體而言，儘管我的老闆待我不薄，而且我在書店的那段日子也頗為愉快，但我的答案還是：不想。

只要地點對、資金夠，任何稍有點教育程度的人，都有辦法靠經營書店養家活口。除非是投身「稀有書」書市，否則要學做生意並不難，而且如果對書市內情有點了解，那就更不成問題（大多數的書商其實都不是很在行，要看穿這點，只要去瞄一眼商業報刊、看他們怎麼做廣告就行了。他們不是誤把包斯威爾當作《羅馬帝國衰亡史》[6]的作者，就是錯認《弗洛斯河上的磨坊》為T．S．艾略特的作品[7]）。再怎麼說，這都是個高尚的行業，不該過度粗俗。

那些托拉斯之徒再怎樣狠毒，也不能像榨乾大盤商跟送牛奶的人一樣，搞得獨立的小書商沒飯吃。不過，在書店的工時真的很長，我是店裡唯一的兼職員工，而老闆則一週工作七十個小時，這還不包括出門採購書本的時間。此外，書店的生活很不健康。按常規，冬天裡的書店都必須冷得要命，否則只要店裡一暖，窗戶霧茫茫，店家就別想靠櫥窗做生意了。再者，書本是世上所見最容易積灰塵的東西，書頂更是青頭蒼蠅最愛的葬身之地。

　然而，真正讓我不願從事書店業的主要原因是，當我一旦進入這行，我反而對書失去興趣了。書商必須為賣書而說謊，對書便容易產生厭惡感。更慘的

【6】包斯威爾（James Boswell, 1740-95）是蘇格蘭傳記作家，《羅馬帝國衰亡史》（*The Decline and Fall of the Roman Empire*）其實是英國史學家吉朋（Edward Gibbon, 1737-94）所寫。

【7】《弗洛斯河上的磨坊》（*The Mill on the Floss*）：英國女作家喬治・艾略特（George Eliot, 1819-80）所著之家庭寫實主義悲劇小說，寫於一八六〇年。T・S・艾略特（T. S. Eliot, 1888-1965）為另一位原籍美國、旅居英倫的現代詩人，知名的作品有《荒原》等。

是，他還得常常為它們清掃灰塵、反覆地搬來推去。我曾經很喜歡書，喜歡看它們的樣子、聞它們的味道，還有摸它們的感覺，尤其是那種有五、六十年以上的舊書。如果能在鄉下的拍賣會上，用一先令買到一整捆這樣的書，我肯定樂上雲梢。從那樣亂七八糟的組合中，毫無預警地翻出十八世紀的無名詩作、過時的地名辭典、參差不齊的過氣小說、六〇年代的女性雜誌合訂本等等，實在別有一番趣味。如果想來點輕鬆的閱讀，像是在泡澡時刻、夜裡累得不想上床的時候，或是在等吃中飯前的片刻時光等等，翻翻過期的《少女話報》[8]再也適合不過了。但是，當我開始到書店工作後，我就不再買書了。當你看到書本成千上萬地突然湧進，只會讓你覺得了無生趣，甚至連連作嘔。至於現在，我只有在看到想讀又不能借的書時，才會出手買下，而且我絕對不買爛貨。陳舊書本的特殊氣味，如今已不再吸引我，因為，它們太容易讓我聯想到那些性格乖戾的顧客，還有死去的青頭蒼蠅。

【8】《少女話報》（*Girl's Own Paper*）：英國早期的通俗女性週報，於一八八〇年至一九五六年發行。

關於甘地的幾點感想

一九四九年

所謂的**聖人**，總是得先被定罪，經過一連串的試煉、直到證明清白為止，只不過，這番必經的試煉，並非人人皆同。就甘地而言，最常見的問題是：他是如何受虛無觀所指引——認為自己是個卑微、端坐在草蓆上祈禱的殘老之輩，但光靠精神的力量就能撼動整個大英帝國——但又如何說服自己，進入充滿迫害與欺騙的政治圈？如想獲得確切的答案，就得鉅細靡遺地研究甘地的所有行為與著作，畢竟他的一生，就像是一段朝聖之旅，裡面的每段情節都是饒富意義的。然而，那部僅止於一九二〇年代的自傳，顯然對他十分有利，因為那正是他人生最堅毅的一段；幾乎所有的人都曉得，在這位聖人、或近乎聖人的外表底下，其實是個精明能幹的聰明人，只要他願意，無論是當律師、行政官，或甚至是從商，他一定都會很有成就。

當甘地的自傳剛出版的時候，我曾經在某個印刷不良的印度報紙上，讀過開頭的幾個章節。當時我對它的印象還不錯，和甘地給我的感覺不一樣。對我來說，只要一提到他，就會讓我想到衣著儉樸、「性靈之力」跟素食主義等一點都不吸引人的字眼，而且他所提倡的中世紀作風，根本不適合一個發展落後、飢餓貧窮、且人口過多的國家。此外，顯然英國當局也在利用他，或自以為是在利用他。嚴格來講，他是民族主義者的敵人，但既然每當有危機的時候，他都會盡量阻止使用暴力——這在英國人眼裡，等於就是避免任何有效的行動——那麼他就可以算是「自己人」罷，因此，有時私底下他是可以被接受的。像印度的百萬富豪們，雖然甘地老要他們悔過，但他們還是寧要甘地、捨社會主義或共產主義之徒，因為只要一有機會，這些人就有可能把錢挖走。儘管長期來看，這樣的疑慮不見得會成真，甘地也說：「騙人者，只會為己所騙」，但他們之所以對他頗為和善，有一部份是因為他們覺得他是有利用價值的。英國保守黨只有像在一九四二年，甘地以非暴力的方式對抗新執政者的那種時候，才會真正惱羞成怒。

儘管如此，我還是發現，每當英國官員用一種嘲弄與反制的態度談論甘地的時候，語氣中仍包含了某種喜愛與崇拜，沒有人敢說甘地敗德、野心勃勃，或者說他所做的一切都是因恐懼跟怨恨而起。但如果要評論甘地，每個人都很自然地採取高標準，以至於他的許多優點都遭到忽略。例如，從他的自傳可明顯看出，他天生對待身體的勇氣實在可嘉，這點從後來他捨身的方式可以證明，而像這樣的把自己身體也當作籌碼的公眾人物，應該要更受推崇才對。佛斯特（E. M. Forster）曾在《印度之旅》裡提到，無止盡的懷疑是印度人與生俱來的惡習（或者也可假惺惺地說是英國人帶來的惡習），但甘地似乎不會如此。儘管他十分善於察覺他人的謊言，但看起來他好像總是相信人性本善、人人皆能經由本性的提升來彼此溝通。此外，雖然他出身於貧困的中產家庭，人生的起步不順，外型條件也不佳，他卻一點都不會嫉妒別人、也未曾感到自卑。當他首次在南非看到種族歧視的慘況時，好像非常震驚，即使後來他開始觸及膚色的問題時，也未從種族或階級的角度去看待。在他眼裡，無論是行省官員、棉花業富商、達羅毗荼族苦力、或是英籍民兵等等，皆一律平等、應一視同仁。值得注意的是，即使情勢對他非常不利，例如在南非他因把自己拱成了印度人族群領袖而招致敵意，他依然不缺歐洲朋友。

由於是以報紙連載的形式來撰寫，甘地的自傳沒有文學鉅著般的氣勢，但正因其平易的特質，而使得這部作品比其他傳記更令人印象深刻。甘地一開始只是個懷有普通抱負的年輕印度學生，想法雖逐日激進，但有時卻是受外力影響而來。尤其有趣的是，曾經有段時期，甘地會戴高帽、學跳舞、研習法文與拉丁文、上艾菲爾鐵塔、甚至試著拉小提琴等等，幾乎盡其所能地融入歐洲文化。他不像一般的聖人，從小時候就勵行虔敬的生活，或是在極盡墮落之能事後，決心揮別紅塵。雖然他為年輕時所幹的壞事做了全面的告解，但事實上能告解的事情屈指可數。在自傳本的標題頁裡，有張甘地死前所有物品的照片，整套用品約可用五英鎊買得，而甘地的罪惡（至少就俗世的罪惡而言）就跟那整組用品一樣，大概堆一堆就可一次數完。抽了幾根香煙、吃了一小口肉、小時候跟女傭偷了幾分盧比、曾上過兩次妓院（而且每次都「無功而返」）、一次與在普里茅斯的女房東險些擦出火花、一次怒氣迸發等等，以上大約就是他所有的罪行錄。雖然從小他就十分認真，但直到三十歲以前，他卻一直都未抱定志向，最早幫助他打入公眾生活的，還是靠吃素這件事。在他不算是平凡的品行底下，大家總是可感覺到他血液裡的中產商人氣息，儘管他已褪除一切個人野心，別人還是會認為他應該曾是個富有而精力旺盛的律師，或是個小心翼翼地記載每項收支、態度強硬的政治組織者，要不然就是個手腕巧妙的委員會掌權人士、同時也是個不屈不撓的贊助催生者等等。他的性格混合多種特質，但沒有一項稱得上是不好的。我相信，即使是對甘地仇視萬分的敵人，也會同意說他是個有趣而獨特的人，他的存在對這個世界就是一大貢獻，至於他是否受人愛戴、他的教誨是否能讓無法接受宗教信仰的人有所收穫等等，這我就不敢打包票了。

最近幾年，大家開始談論甘地，說他對西方左派運動不僅僅是友善，而是完全投入其中，尤其是無政府主義與和平主義份子，更是口口聲聲稱甘地是他們的一員。事實上，他們不過是著眼於甘地對中央集權與國家暴力的反感，卻對他思想中的出世觀與反人道取向，幾乎視而不見。但在我看來，有兩件事我們應該要認清，一是甘地的教誨不應與「人為萬物之靈」的信念相提並論，二是我們的任務在於，要讓地球的所有生靈擁有生存的意義，因為地球只有一個。只有「上帝是存在的」、「實體的世界都是應予逃離的幻象」這些假設成立時，甘地的訓誡才有意義。那些甘地用以律己的規範，確實值得我們思考，儘管他未要求所有跟隨者皆得一一遵行，但在他眼裡，卻又是服膺上帝或人類性靈不可或缺的條件。這些戒律包括：第一，不得吃肉，而且最好是不碰任何動物性食品（雖然甘地為了個人的身體健康，必須喝點牛奶，但他似乎認為這是一種墮落的行為）。另外，不得抽煙喝酒、不得食用香料或調味品，就算是天然製品也不行，因為食物的作用在於維持體力，而非為吃而吃。第二，盡量避免性交行為。兩性交媾，只能是為了繁衍後代，因此次數間隔應該要長久。甘地在三十多歲的時候，決心修煉梵行，[1]也就是全然守貞、袪除一切性慾，若要完全做到，只有靠特殊的飲食調養與長年的齋戒。這點看起來並不容易，畢竟飲用牛奶的唯一缺點，就是會引發性慾。第三，也就是對所有追求良善者最重要的一點，就是不能享有親密的友誼，就連擁有摯愛都不可以。

甘地認為，親密的友誼是十分危險的，因為「朋友會相互影響」，為了對朋友表示忠貞，人很容易誤入歧途，這一點說得沒錯。更有甚者，如果一個

【1】梵行（Brahmacharya）：佛教用語。狹義指不淫；廣義指僧尼以及在家信徒為了修身培德、以止苦得悟，所進行的努力。

人誓言只愛上帝，或普愛全體世人，那麼他是不能懷有私心的。這一點又是沒錯，而且正可說明，人道的性格與宗教態度，是毫無妥協餘地的。對任何一個普通人來說，如果不是愛某人甚過於愛其他人，那麼愛是毫無價值可言的。從甘地的自傳裡，看不出他是否對他的妻兒不理不睬，但至少在裡頭有三段故事提到，他寧願不顧妻兒死活，也不願採用醫生開立的動物性成份藥方。的確，雖然從未有人因他的堅持而喪命，況且基於許多對立者施予的道德壓力，甘地始終讓病人自由選擇要存活，還是犯下罪惡——如果能讓他自己決定，他肯定是不顧一切地禁用任何動物性食品。照他的說法，就算是為了活命，也要有點分寸，而這極限的邊緣，頂多只能是一碗雞肉清湯。或許這態度頗為清高，但依我看來，大多數人所給的評語，應該會是「不人道」三個字。人之所以為人，不在於追求完美，偶爾也希望能為了一點義氣而吃點罪，而就算是禁慾，也不該禁止任何親密的交歡。人的一生，不免會遭遇生活的打擊與摧殘，這也是將情感寄託於他人後，無可避免的代價。無庸置疑地，聖人是該菸酒不沾，但人生來並非只為成聖成賢。這句話雖有可反駁的空間，但若要反駁，可得小心為是。在這個瑜珈信念橫行的年代，大家很自然地就認為，「無所牽掛」比全心擁抱世俗生活還高尚，而普通人不願意去實行，只是因為他們做不到，也就是說，一般人就是失敗的聖者。這一點其實值得商榷。許多人並非生來就想成聖，而且那些渴望修達聖境的人，很可能對身為凡夫俗子興趣缺缺。若往心理性的根源探討，我相信這些追求「無所牽掛」的人，主要是為了逃避生命，特別是情愛所帶來的痛苦，畢竟關於愛，不管是有性或無性，總是件辛苦的事。無論如何，在此爭辯出世觀或入世觀「孰優孰劣」，是沒有必要的；重點其實在於，這兩者是不相容的。無論是誰，都必須在神與人之間進行選擇，而不管是「激進派」或是「漸進派」、從溫和的自由主義路線到最極端的無政府主義份子，他們的選擇想必都是：人。

儘管如此，在某種程度上，我們仍可將甘地的平和主義與其他訓誡分開來談。甘地的平和主義雖出於宗教信仰，但他亦認為那是一種技術、一種手法，足以導出運用者想要的政治性成果，這個態度與大多數的西方和平主義者不盡相同。發源於南非的「不合作主義精神」(Satyagraha)，是一種非暴力的抗爭，一種不靠傷害、不引發恨意而戰勝敵人的手段，據此而產生的行為有：拒絕行使人民義務、罷工、以人身阻擋火車行駛、不藉由脫逃與反擊的方式拖延警方值勤任務等等。甘地始終反對以「被動的抗爭」來詮釋 Satyagraha 這個字，因為在他的母語古吉拉特語中，它的意思是「堅持真理」。早期，甘地在波爾戰爭[2]中，為英國扮演擔架兵的角色，而第一次世界大戰期間，他原也打算做同樣的事情。之後儘管他宣誓棄絕暴力，他卻也老實地發現，在戰爭中是經常得選邊站的。他並沒有自欺欺人地佯稱，戰爭中兩方均等、誰輸誰贏都無所謂。事實上，由於他的政治生命完全以爭取國家獨立為中心，他也無法採取這樣的態度。除此之外，他並不閃躲棘手的問題，這點和大部分的西方和平主義者很不一樣。有關最近的一場戰爭，每個和平主義者都會被迫回答以下這個問題：「你怎麼看待猶太人？你忍心看著他們被滅絕嗎？如果不是，你認為如何能不透過戰爭，就能拯救他們？」老實說，從多數的西方和平主義者口中，我從未聽到半句誠實的回應，而是一些「你也可以盡點心力」之類的閃爍之詞。一九三八年，甘地也被問到類似的問題，他的回答在費雪的《甘地與史達林》一書中有所記載。根據費雪的記錄，甘地的看法是，德國的猶太人應該集體自盡，這樣一來，「就能喚起全世界與德國人對希特勒暴行的反感」。在戰爭過後，他解釋道，既然猶太人未能免除一死，當可死得更有意義。這個態度，令對他崇拜有加的費雪也不禁心頭一震，但甘地只是實話實說罷了，畢竟就算你不想殺人，至少得接受人命總會以其他方式死去的事實。因此，一九四二年，當甘地鼓吹大家以非暴力方式抵抗日本入侵時，他就已經預想到可能會有上百萬人犧牲了。

由此來看，許多人自然會認為，生於一八九六年的甘地，不但不了解極權主義的本質，而且完全以他對抗英國政府的經驗來看待所有事情。但重點並不在於，英國政府是否懾於他的號召力，而對他百般容忍。如同前面所提，他相信「喚起世人注意」的力量，但那只有在世人看得見你所作的事時，才有可能實現。如果在一個反對勢力可能連夜遭到殲滅、從此消失無蹤的窮鄉僻壤，

【2】波爾戰爭（The Boer War, 1899-1902）：英國人為爭奪南非金礦，而與南非荷裔的波爾人所進行的戰爭。

甘地的這套方法不知行不行得通。若無言論自由與集會權利的存在，不僅無法引發外界共鳴，連要將群眾運動付諸實現、或讓對手了解你的意圖等等，也都是天方夜譚。舉例來說，蘇聯在這時代有像甘地這樣的人物嗎？如果有，他能做什麼？只有當人人皆在同一時間心有靈犀時，蘇聯人民才會發動抗爭，而從烏克蘭大饑荒[3]的歷史來看，就連在那樣的情境下，蘇聯人民也都欲振乏力。假設平和的抗爭確實能有效對抗政府、或任何當權的勢力好了，但又如何能將之推行於國際？從甘地對前一場戰爭的幾點相互矛盾的宣示，似乎正可看出他的憂心忡忡。同樣的平和主義移至國外之後，不是失去平和的特質，就是變成一味的妥協與讓步。更有甚者，認為人人皆可親近、並對寬大行徑必有所應的這項信念，儘管讓甘地在與人的互動上暢行無阻，但此時也得重新予以檢視。例如，當你所面對的人是個偏執狂時，可能就無法適用了。接下來的問題反而是：有誰是神智健全的呢？希特勒是個頭腦清楚的人嗎？有沒有可能在不同文化的標準下，某個民族全都是不健全的呢？此外，就評斷整個國家人民的情緒反應而言，如何看出寬大行為與友善回應之間的明顯連結？在國際政治上，感激之情是否能有所作用？

以上種種問題，都需要再討論，而且必須趕緊討論，因為再過幾年，只要有人按下按扭，火箭就會順勢而發。現在似乎無人敢肯定，整個人類文明是否還耐得住另一個世界大戰，但至少目前能運用的方法之一，就是非暴力的方式。關於我前面所提出的幾個問題，甘地想必能夠給出誠實的看法，而且，說不定他早在無數的報章或其他地方討論過大部分的問題。也許有人會覺得他所知仍然有限，但絕不會認為他是個怯於表達意見與思考的人。我從未對甘地抱持極度的好感，但就一個政治思想家而言，我倒不認為他走錯了路，也不相信他的人生是失敗的。令人好奇的是，當甘地被暗殺之後，許多熱情至極的仰慕者紛紛感嘆，他雖活得夠久，卻正好見到他一生的努力功虧一簣，因為在印度的政權移轉之後，眾所預見的內戰隨即爆發。事實上，甘地的一生，並非是為

【3】發生於一九三二至一九三三年，為史達林強行推動集體農業制的後果，造成約六至七百萬烏克蘭人民死亡。

了平緩印度教與回教之間的對立而活，而是要平和地終結英國政權，就這一點而言，他已達到目的，只不過事情總是環環相扣而已。此外，在不動武的情況下，英國人確實離開了印度的土地，而直到事情發生的一年前，僅極少的觀察家認為它會成真。不過，那是在工黨政府領導下所完成的，如果換成像邱吉爾所帶領的保守黨政府，結果肯定會有所不同。但回過頭來說，倘若一九四五年以前，英國即已產生一股同情印度獨立的聲浪，那麼甘地的個人影響力到底有多少？再者，假設印度與英國最後終於建立了親密而友好的夥伴關係，有可能是因為甘地在不帶仇恨、不破壞政治氣氛的情況下，不斷堅持爭取的結果嗎？從以上這些問題，可看出提問者的思想高度。也許有人跟我一樣，對甘地的外表不怎麼喜歡，或對他的聖行不以為然（儘管他個人從未如此自詡），或因反對崇拜聖行、而認為甘地的基本志向是反人道且保守的，但若單純以政治家的標準來看，相較於我們這一代的其他政壇領導人，甘地所試圖留下的氣味，是多麼清新啊！

獅子與獨角獸：社會主義與英國精神

一九四一年

第一部：英你的英國

1

只要我一提筆，這世上具高度文明修養的人士就會一湧而上，恨不得把我殺了。

私底下，這些人對我並無惡意，我也不恨他們，但誠如大家所言，他們只是「盡其本分」罷了。我相信，這些人大多相當守法，一生從未想過殺人這檔事。但話說回來，如果有誰用了精心設置的炸彈將我炸得粉碎，他肯定不會心懷愧疚、為此輾轉難眠，因為他不過是為國家盡一份心力，這是談不上罪惡的。

如果一個人不了解愛國心的強大威力，他就無法看清現代社會的真面目。在某些情況下，愛國主義雖有可能崩解，或者在某些文化裡我們也見不著它的身影，但就一個**正面**的力量來說，它是無所匹敵的。基督信仰跟社會主義與它相比，簡直就像稻草一般脆弱，而希特勒與墨索里尼之所以能夠打敗對手、異軍突起，正是因為他們懂得抓住這點。

此外，我們必須曉得，國與國間的分別，乃建立於外表的真實差異上。直到最近，還有許多人認為人類是彼此相似的，但隨便一個明眼人都知道，人類的行為，普遍會依國情不同而大有所別。發生在甲國的事情，並不會在乙國上演。例如，希特勒發起的六月清黨事件，並不會在英國發生；而且，正如一般西方人的認知，英國人是非常特異的一群。大家多少默認，幾乎所有外國人對我們的生活方式都有意見。沒有多少歐洲人能夠忍受住在英國的日子，甚至連美國人都覺得，待在歐陸比較自在。

如果從其他國家進入英國，光是頭幾分鐘遇到的一些小事，就會讓人馬上覺得，這裡的氣息很不一樣，至少啤酒比較苦、零錢比較重、草比較綠，廣告也比較聳動。在英國大城裡，人們凹凸的臉型、糟糕的牙齒、以及溫和的舉止等等，都和歐陸的民眾有所區別。只不過，廣漠的英國領土，偶爾會讓人忘記，這個國度其實有個鮮明的單一性格。有時我們會懷疑，所謂的國家，真的存在嗎？難道我們不是四千六百萬個異質的個體？這種多樣性的組合，簡直是亂七八糟！蘭卡夏地區磨坊小鎮卡啦卡啦的木屐、北大路上來來往往的貨車、職業介紹所外大排長龍的人群、蘇活區酒吧內劈哩趴啦的彈球機、在秋天霧意濃濃的清晨裡騎著單車趕去聖餐禮的老處女等等——這些不僅僅是零碎的枝節片段，而且是英式生活的**典型**片段。有人能從這番雜亂中裡出頭緒嗎？

只要和外國人說說話、看看外文書或外語報，同樣的念頭很快就會浮現在你的腦際。是的，英國文化裡，確實**是**有某種明顯易辨的特質，像西班牙人那樣富有個性。豐盛的早餐與晦暗的週日、煙霧裊裊的鄉鎮與蜿蜒的道路、翠綠的草地與鮮紅的郵筒等等，幾乎皆與英國文化劃上等號。它有一種自成一格的風味，甚至像個活人一樣，體內存有某種根深柢固的東西，綿延不斷地伸展至過去與未來。雖說一九四〇年的英國，與一八四〇年的英國不見得有何相同之處，但現在的你和壁爐上照片中五歲時的你，一樣的地方又在哪裡？當然是沒有，除非你就是照片中的那個人。

最重要的是，那是**你**的文化，那就是**你**。不管你對它有多厭惡、有多嗤之以鼻，你就是無法因離開它而獲得快感。奶油布丁與紅色郵筒，已深深烙入你的靈魂。無論好壞，它就是屬於你、你也屬於它，而你永遠也無法擺脫它所賦予的印記。

同樣地，英國和其他國家一樣，不斷地在改變，但它只能朝某些可預見的方向改變。這並不表示未來是已受決定的，只是說，某些選項可行、有些卻不可行。就像種子一樣，它可以長或不長，但無論如何，一棵鬱金香種子是不可能長出防風草的。因此，在臆測英國**能**於當今世界洪流中**扮演何等角色**之前，試著定義英國**是**什麼，是非常重要的一件事。

2

要為一個國家民族定型並不容易，而且一旦定型之後，那些特質經常不是變得平凡無奇，就是彼此之間看似無所關聯。例如，我們常會認為，西班牙佬對動物頗為殘暴，義大利人幹什麼事都得製造一堆噪音，中國人性好賭博等等。當然，這些特質本身並無所謂好壞，但事出必有因，光是英國人有一口爛牙這回事，就可讓人對他們生活的真實面，多少有些概念。

談到英國，幾乎一般外人都會有以下這幾點印象。首先，英國人天生缺乏藝術細胞；他們不僅在音樂方面不如德國人或義大利人，連繪畫雕塑方面，亦不像法國人那般成就輝煌。再者，就歐洲人來講，英國人是較不知性的。他們害怕抽象的思考，認為哲學思想或有條理的「世界觀」是沒有用處的，但這跟他們自稱是個「實際」的民族並無太大關係。事實上，只要看看他們的城市與水利系統規劃、對沈痾事物之執著，以及堅持使用難以分析的拼字系統、只有幾何學作者才懂得欣賞的度量衡制度等等，就知道他們有多不在乎效率這回事。儘管如此，他們卻具有某種毋須三思而後行的能耐，例如他們那舉世皆知的虛偽性格——像是面對大英帝國的雙重態度——正是最佳的寫照。另一方面，當面臨重大危機時，整個英國卻又能瞬間眾志成城，宛如靠一股全民熟知的秘語與本能而相互凝聚。就此而言，如果以希特勒稱德國人民為「夢遊者」的用詞來形容英國人，似乎更加貼切，雖然被稱做「夢遊者」並不是什麼好事。

英國人還有個經常受到忽略、但實在值得一提的特點，那就是對花的喜愛。這是來到英國的外地人，尤其是來自南歐的訪客，最先注意到的特徵之一。但這不會跟「英國人對藝術不屑一顧」的論點背道而馳嗎？不盡然，因為愛花的個性，在沒有美感的人身上也見得到。總之，與此較為相關的，是另一個太過融入我們生活、以致鮮少受注意的英式特質，那就是對於嗜好與休閒娛樂的沈迷，亦即對於**私密**生活的重視。我們是個愛花的民族，但也愛集郵、養鴿、做木工、剪折價券、射飛鏢，跟玩填字遊戲。只要是非正式的聚會場合，儘管是團體活動也無妨，像是酒館、足球場、後花園、火爐旁、與「喝一杯下午茶」等等。如同在十九世紀一般，大家依然崇尚個人自由，但這跟經濟自由中剝削他人的情形不同。每個人可以擁有自己的家，在工作之餘做自己喜歡的事，選擇自己想要的娛樂，而不是聽從上面指導。英國人最討厭的，就是愛管人閒事的三姑六婆。而儘管要求個人自由是一種奢望，畢竟和其他現代人一樣，英國人也得接受被統計、分類、列冊、「整合」等命運，但基於民族性的驅使，此類組織化的作為也不得不有所調整。因此，政黨大會、青年運動、迷彩服、欺壓猶太人或「自發性」的示威遊行等等，在英國都看不到，而蓋世太保這類組織，更是不可能產生。

在所有的社會裡，一般的人民多少都會**反抗**現存的規範制度。而神奇的英國平民文化就是在政府當局勉為其難的容許下，以非正式的形態遊走於規範邊緣。如果正眼瞧一瞧那些大城裡的普通老百姓，馬上會發現他們一點都不懂得自我約束。這些人嗜賭成性不打緊，光是酒錢就可把薪水花光，嘴裡盡講些淫穢的笑話，用詞更是極盡下流之能事。儘管法條只是用來擾民，卻又無法禁止任何事發生，但面對那些虛偽的法律（有關販售酒品、彩券的許可制法條等等），他們還是得有所滿足。此外，這些老百姓從未有堅定的宗教信仰，而且幾百年來始終如是。英國國教對他們而言，只是領主仕紳的專有信仰，而一些反規範的祕教，也僅能吸引少數的信徒而已。只不過，雖然他們幾乎忘了耶穌的名字，但依然深深保有基督教民族的氣質。歐洲新興的魔力崇拜雖對英國知識分子產生不少影響，一般平民卻對它無動無衷。他們不懂強權政治，只有日本與義大利報章大肆吹捧的「現實主義」，才會讓他們驚為天人。總之，若要了解英國精神的特色，從廉價文具店櫥窗裡的彩色漫畫明信片即可略知一二，它們就像是英國人不知不覺中自我記錄的日記：過時的樣貌、等級不一的俗態、淫穢與虛偽交織的辭令、過度的親切文雅，以及深刻的道德感等等，一切都忠實地反映在這些卡片裡。

高貴優雅，也許是英國文化最鮮明的特色。從你踏上英國土地的第一刻開始，馬上就會感覺出來。在這裡，公車司機總是脾氣溫和，警察也不佩戴槍具。但在其他的白人國家，卻沒有人會像英國人這樣輕易把人趕出人行道，因此招來許多外人的批評說，英國人雖然討厭戰爭跟軍事主義，卻也是「道德淪喪」、性格偽善。英國人討厭戰爭的歷史確實由來已久，尤其是中下階層與勞工階級。英國曾因接二連三的戰事而國力動搖，但卻未曾因而崩垮。在吾人有生的記憶當中，經常有「紅衣軍人」在街上沒人搭理、不少旅館老闆拒絕士兵進門等等傳聞。在沒有戰事的時期，儘管失業人口高達兩百萬人，卻連一個鄉郡仕紳領導、中產階級專責管理的常備軍隊都召集不了，只能靠農工與貧民聊以濟事。總之，一般英國大眾對軍事知識或傳統一無所知，且對於戰爭多半抱持不同的反制態度。自古至今，沒有一位政治人物因領軍勝戰而獲得權位，沒有一首《仇恨之歌》（*Hymn of Hate*）[1]能夠引發人民共鳴。在前一次的戰爭中，由士兵們自創自唱的軍歌，完全不帶仇恨，只有自我解嘲的敗戰之情，而歌曲裡唯一的敵人，就只是士官長而已。

儘管英國人也會自我誇耀、愛國心不落人後，然而《統治吧！不列顛尼亞》（*Rule Britannia*）這首愛國歌曲，卻是由一小撮人所譜成的。一般人其實不會意識到自己的愛國心，也不常把它掛在嘴上，更不會記得歷史上任何一場勝仗的名稱。或許英國文學史中亦充斥著與戰事有關的詩歌，但值得注意的是，通常較受歡迎的，都是一些描述災難與敗戰的詩句，而像關於特拉法加之役或滑鐵盧之役，就沒有任何詩歌因之而聲名大噪。陸軍中將摩爾率領後勤部隊，在科魯納（Corunna）進行決戰後撤逃海外的故事（就跟敦克爾克大撤退一樣！），比打一場勝仗還要吸引英國人，而最令人感動的一首戰地之詩，則是有關一組騎兵隊攻錯方向的故事。在最近的一次大戰裡，讓大眾銘記在心的蒙斯（Mons）、易普斯（Ypres）、迦利波里（Gallipoli），與帕森戴爾勒（Passchendaele）等四場戰役，無一不是以敗戰收場，至於有哪幾場擊潰德軍的戰役，一般民眾則是一問三不知。

雖然英國人號稱反軍事主義，但讓外人所不齒的，是大英帝國確確實實地存在。這就顯得英國人十分偽善，畢竟地球上有四分之一的土地，都被英國海軍給佔領，他們怎能忽然回過頭來說，打仗是罪惡的？

的確，英國人談到自己國家的時候，是相當虛偽的，在勞工階層，甚至根本不承認帝國的存在。然而，英國人對於常備軍的厭惡，是與生俱來的。一支艦隊能雇用的人有限，而且這種對外的戰備，對國內政局根本起不了作用。這世上到處都有軍事極權，但無人聽說過以海軍霸權為主體的極權。最讓英國人打從心底厭惡的，就是大搖大擺的軍官模樣、馬刺叮噹作響與筒靴的卡嗒聲。早在希特勒崛起的十年前，「普魯士」這幾個字對英國人而言，就跟「納粹」沒兩樣。大家對軍官的印象之差，導致過去百年來，英國軍人在執勤時間之

【1】原名《仇英之歌》（*Gott strafe England*），為德國猶太詩人李紹爾（Ernst Lissauer, 1882-1937）於一九一四年寫成，用以激勵德軍攻打英軍的氣勢，於一次世界大戰期間廣為流傳。

外，總寧願捨軍裝、穿便服。

要迅速掌握一個國家的社會氣息，有個不錯的方法，就是觀察軍隊的行進步伐。閱兵是種儀式性的舞步，就像芭蕾一樣，能夠表達某種生活哲學。以踢正步為例，那可是世界最恐怖的奇觀之一，比俯衝式轟炸機還要可怕上百倍。正步這姿勢，純粹是一種對於真實權力的肯定，有意無意之間，似乎存心用靴子來踐踏人臉，而整個醜到骨底的模樣，彷彿就是說：「是啊，我**就是**醜，但你敢笑我就試試看」，嘴臉就跟惡霸恐嚇對手沒兩樣。不過，為何正步在英國不被採用？天知道，有多少軍官會想引進這種東西，但它之所以不獲青睞，主要是因為會遭民眾恥笑。更何況，只有在人民不能嘲笑軍隊的國家，才會時興展示軍備這種玩意。以義大利軍隊為例，他們大約在受德軍完全掌控之後，才引進正步，而且猜也猜得到，他們踢得沒有德軍好。此外，如果法國的維琪政權[2]還存在的話，大概會為現今的法國軍隊，增添更多僵化的閱兵紀律。相較之下，英國軍隊的操演，則是充斥著十八世紀以降的傳統，既嚴格又複雜，但行軍只是制式的行走，沒有大搖大擺的動作。毫無疑問地，這是一個以劍為尊的社會，只不過，那把劍從來都沒有出鞘過。

話雖如此，英國文化中的溫雅，還是混雜了粗野與不合時宜的成份。我們的刑法，跟倫敦塔裡擺放的毛瑟槍一樣老舊。相較於納粹的衝鋒隊，英國有更勝一籌的絞刑審判官，帶著一顆十九世紀的腦袋，老殘凶惡，隨手就裁定冷酷的死刑。在英國，現在還存有絞刑與鞭刑這種東西。這些刑罰不僅卑劣，而且十分殘忍，但卻沒有人大聲疾呼要廢止它們，反而像面對天氣一樣處之泰然，彷彿它們就是「法律」的一部份，無可改變。

由此，我們就可看見英國人一項非常重要的特質：對於憲法與律法的尊重，相信「法律」是淩駕於國家與個人之上。這項特質儘管愚蠢殘忍，卻是**根深柢固**。

但這並不表示說，英國人認為法律是公平的。大家都知道，窮人富人各有一套法，但很少人願意接受這樣的想法，總是認為現行的法律應該受到尊重，

【2】二次世界大戰法國遭德國納粹攻佔期間，由德軍在法國中南部地區扶植成立的政權。

如果不是的話，就會心生憤慨。在英國我們常會聽到：「我並沒有做錯事，他們不能逮捕我」，或是「他們不可以這樣，這是違法的」等等說詞，而就算再怎麼反社會的份子，也會抱持相同的態度。在邁卡尼（Wilfred McCartney）的《牆中有口》（*Walls Have Mouths*）或斐蘭（Jim Phelan）的《監獄之旅》（*Jail Journey*）等書中、在審理拒服兵役的無聊議庭裡、或許多馬克思主義教授所寫的文章書信中，都曾出現「這是英國司法的一大失敗」這類字眼。每一個人都深信，法律可以是、應該是、而且整體上將是公正公平的。無視於法律，只相信單一權力的極權思想，從未在英國生根發芽，連高級知識份子，也只是禮貌性地接受而已。

儘管幻象可以部份成真，面具能夠改變臉部的表情，但關於民主跟極權「差不多」或「一樣糟」的論調，永遠不可能變成事實。這類的爭論，就跟「半條麵包跟沒有麵包差不多」的說法是一樣的。英國人還是相信公平、自由與客觀事實的，雖然它們有可能是幻象一場，但卻是非常有力的幻象。它們會影響人的舉止，國家也因它們而改變。看看我們自己身邊，橡膠警棍到哪去了？蓖麻油呢？劍仍未出鞘，但只要它在，社會就不可能太過墮落。以英國的選舉為例，那是個公開的貪贓制度，選區的劃分怎麼看都是為有錢人的利益而制定。但除非大眾的心智有深沈的改變，否則這制度不會**完全**敗壞到不可收拾的地步。當你走至票匭前方，不會有人拿槍逼你投給某某，選票也不會計錯，公然行賄更是不可能發生。偽善，有時也是一種安全防護。即使是身穿紅袍、頭頂馬毛假髮的邪惡老法官，也會義正嚴詞地告訴你，現在是什麼時代。他總是會照本宣判，而且絕不接受行賄，這就是英國人典型的形象之一。他是現實與幻象、民主與特權、欺瞞與端正等奇妙組合的象徵，由多重的妥協交織而成，也是這個國家維持一貫面貌的基本元素。

3

直至目前為止，我老是使用「國家」、「英國」、「不列顛」等字眼，彷彿全部四千五百萬的人可被視為一個整體來看。但英國可不是由一貧一富的兩大國所組成的嗎？有人敢假惺惺地說，年收入十萬英鎊跟一週只攢一英鎊的人，是大同小異的嗎？甚至，來自威爾斯與蘇格蘭的讀者，若聽到我引用「英國」的次數勝於「不列顛」，弄得好像全英國的人都住在倫敦與英格蘭，而不是西方北方各有特色的話，相信他們也會十分不悅。

如果先從小處著眼，這個問題很容易就不辯自明。的確，所謂的英國人種，都自認與他人截然不同。例如，若你以「英國先生」來稱呼一位蘇格蘭人，他是不會感謝你的。關於自我稱呼的難以論定，從我們有六個不同的名號這點就可看出。這六個名號包括：英格蘭、不列顛、大不列顛、不列顛群島、大英聯合王國，還有在特殊情況下才會使用的亞爾比安[3]……等等。在我們眼裡，北方與南方人是差很多的。然而，當隨便兩名英國人站到歐陸人民面前時，這些細微差異卻很容易就消失不見。除了美國人之外，很少有外國人能夠分辨英格蘭人與蘇格蘭人，或甚至與愛爾蘭人之間的差別。對法國人而言，西北的布列塔尼人與中部的奧維涅人大不相同，而馬賽人的口音始終是巴黎人最愛引用的笑點。但當我們在談論「法國」或是「法國人」的時候，我們總是將之視為一個整體、一個單一文化，而這也是事實。同樣地，以外人的角度來看我們英國人時，倫敦人與約克夏人其實是非常相似的。

至於英國國內貧富之間的差距，在外人眼裡也是逐漸縮減的。這跟財富不均毫無關係，因為在其他歐洲國家，問題更為嚴重，這點只需往下瞧瞧附近的街頭就可明白。從經濟運作的角度來看，英國確實像是分成兩國、三國或四國一樣。但大多數的人民，仍**覺得**大家是同屬一國，同時也很清楚自己跟外國人是無法連成一氣的。愛國心仍然勝過階級間的仇視，也比任何一種國際主義還要強烈。除了一九二〇年發生的「別碰蘇俄」運動外，英國的勞動階級從未積極參與國際事件。兩年半以來，他們眼睜睜地看著西班牙的同志們緩慢地掙扎，不曾醞釀半場罷工來加以聲援。但當自己的國家裡發生困難時（例如納菲爾德先生與諾曼先生事件[4]），他們的態度可就大為迥異。當眼見英國即將遭敵軍入侵，時任外相的艾登立即透過廣播號召地方志願軍，一天之內就獲得

【3】亞爾比安（Albion）：英國最古老的名稱之一，起源於希臘羅馬時代。

【4】納菲爾德先生（Lord Nuffield）：汽車製造商與慈善家。諾曼先生（Montagu Norman）：英國銀行老闆。

二十五萬人響應、一個月後即破百萬。以此比照反對人士的數字，就可看出，傳統的忠勇愛國之心，力量有多強大。

在英國，每個階層的愛國方式都不一樣，但幾乎都像穿針引線般彼此串連，唯一不來這一套的，只有那些深受歐陸思想洗禮的知識份子。就一個正面的情感驅力而言，愛國心對中產階級的影響力，還是比上層階級來得大，像一些學費便宜的公立學校，就比貴族學校更為加重愛國心的宣導。不過，真正如拉瓦爾、奎士靈[5]等明確叛國的有錢人士，還是少之又少。勞動階級的愛國心是非常深化的，只是他們多不自覺。雖然看見英國國旗，他們的心並不會多跳一下，但相較於中產階級，一般用來形容英國人「島國心態」、「仇外情結」的詞彙，還是比較適用於這些勞動階級身上。在所有國家裡，窮人通常比富人排外，而英國勞動階級對於外來習俗之厭惡，更可堪稱一絕。即使他們被迫得在國外生活，他們依然不願吃當地食物、不學當地語言。幾乎所有出身勞工階級的英國人，都認為能正確說出一個外國字是很娘娘腔的。事實上，第一次世界大戰期間，他們與外國人接觸的程度，已是史上之極限。他們打從心底厭惡所有的歐洲人，只對德國人的英勇感到欽佩。在進駐法國土地的四年間，他們甚至未能好好培養品酒的藝術。英國人偏狹、拒絕認真面對外國人的愚蠢態度，讓他們始終得付出嚴重的代價。但這仍舊是英國文化神祕的一部份，而試著將之打破的知識階層，通常帶來的傷害比貢獻多，而觀光客與外來的侵略者，也正是因這點特質，而對英國興趣缺缺。

說到這，又可回到我在前一章節裡隨意提到的兩點英國人特質。一是缺乏藝術細胞，這也許是形容英國人身處歐洲文化之外的另一種方式。儘管他們在文學方面才華洋溢，但這也是唯一一種無法超越國界的藝術。文學中的詩歌，尤其是抒情詩，其實算是某種自家人的玩笑，只要脫離自屬的語言系譜後，就會失去意義。除了莎士比亞之外，英國的一流詩人，在歐陸幾乎都名不見經傳。較廣為人知的只有陰錯陽差受到崇拜的拜倫，以及被當作英國偽善社會受

【5】拉瓦爾（Pierre Laval）：親德的法國政治家，一九四五年因叛國罪而遭處死；奎士靈（Vikdun Quisling）：通德的挪威人，一九四五年因叛國罪而遭處死。

害者的王爾德。另一個不甚明顯、卻與此相關的特質，是缺乏哲理的思維。幾乎所有的英國人都不認為，一個條理分明的思考方式、甚至邏輯的運用，是有其必要的。

從某個角度來說，以國族為尊的意識，也可算是一種「世界觀」的替代品。正因愛國心是無遠弗屆、連有錢人都不會對它無動無衷，因此在某些時刻，整個國家是有可能眾志成城、舉國同心，就像牛群對付惡狼一般。這樣的情形，法國曾經發生過。在那段災難時期，經過八個月的迷迷茫茫，當人們明白戰爭是怎麼一回事後，立刻知道該怎麼做：首先，從敦克爾克撤軍，再來就是預防侵略。這就像是將巨人從睡夢中搖醒：「參孫！快醒醒！菲利斯坦人就要來壓制你了！」接著瞬間全力反攻之後，就可再安心睡去。在一個四分五裂的國家中，只要時候一到，大型的和平運動就是會發生。這是否意味著，直覺總是指引英國人去做正確的事？並不盡然，它只是指引他們去做一樣的事。像在一九三一年的大選，我們就是齊心一志做了錯誤的選擇，全像加大拉豬[6]一樣瘋狂專注，至於是否該說是被迫推下山崖，這點我倒是由衷懷疑。

這也就是說，英國的民主並不如表面所示的像騙局一樣。外來的觀察者只見到財富不均、選舉不公，以及當局掌控媒體廣播與教育的一面，就妄下論斷，說民主不過是獨裁政權的文雅之名罷了，但這就忽略掉領導者與追隨者之間，確確實實存在的共同約定。不管有多不願承認，一九三一至一九四〇年間，國家政府確實代表了全民的想法，容許貧民區、失業問題與懦弱外交政策的存在。沒錯，民眾的想法就是如此。當時萬事停滯，領導者都只是平凡人而已。

儘管有數千名左派份子的鼓吹，絕大多數的英國人仍是支持張伯倫的外交政策。甚至，張伯倫腦裡所做的掙扎，絕對跟平凡老百姓一樣。反對人士說他是個深沈的權謀之士，處心積慮要將英國奉送給希特勒，但其實他比較像是個愚蠢的老頭，靠著僅存的微薄之力盡其所為。對於他種種政策的自我矛盾、錯

【6】加大拉豬（Gadarene swine）：在《新約》的《馬太福音》裡，描述耶穌旅行至加大拉時，發現那裡的人們遭惡鬼附身，於是將惡靈驅趕至豬身上，結果豬一一發狂、跳崖而死。

失競爭良機的無能，沒有人可以解釋清楚。他和普羅大眾一樣，不想為和平或戰爭付出代價，而儘管各項政策之間相互不容，民意卻仍站在他這邊。無論他到慕尼黑、到蘇俄去進行和談，對波蘭進行讚許、表達承諾，並興致索然地發動戰爭時，人民都是支持他的。直到政策的施行後果逐漸顯現，等於是過去七年的無所作為終於引發不滿時，情勢才對他不利。於是，人民轉而挑選出邱吉爾，一個想法與他們較為接近，總算能統御戰爭的首相，但因戰爭還是打得辛苦，也許之後，他們就會選擇一位能帶領社會主義國家有效抗戰的領導人。

以上這些，是否就表示英國是個與生俱來的民主國家呢？並不。相信《每日電訊報》的讀者，應該沒有人願意點頭。

英國，是世上最受階級宰制的國家。它是個勢利與特權橫行的國度，主事者既老又糊塗。但無論如何，凡遇上國家有難，幾乎所有人民都會同心協力、患難與共，這整個國族感性的一面，我們還是不能忽略。畢竟，它是全歐洲裡，唯一未被迫將成千上萬的人民驅逐出境，或攆送至集中營的國家。在那同時，也就是開戰後的第一年，街上到處都是辱罵政府、稱頌敵軍及呼籲投降的報紙與宣傳手冊，但也未曾遭到取締。美其名這是尊重言論自由，但其實是基於無所謂的態度。販售《和平新聞》一點也沒有關係，因為百分之九十五的人民不會去買來看。整個國家被一條看不見的鎖鏈綁在一起。一般來說，統治階級總是會強取豪奪、管理不善、搞破壞，把人民帶向惡臭的糞堆；但讓人民的心聲被聽見，就能讓他們從不滿的感覺中振奮起來，況且實在很難阻止他們有所反應。左翼作家稱統治階級是「挺法西斯主義」，實在是太過於簡化。在這些將我們引領至此的政治圈派系裡，很難說是否存有**蓄意**的賣國行為。英國史上發生的敗壞事件，很少出現此一類型，大多都是屬於右手不知左手所為之類的自欺性質，而既然是出於意識不清，那麼後果就不會太過嚴重。最明顯的例子，就是英國的新聞媒體。他們到底老不老實？通常是很不老實。所有的報紙都仰賴廣告生活，而廣告主則會對新聞進行間接的監控。但我的意思並不是說，有哪家英國報社會光明正大地接受重金行賄。法國人在第三共和時期，也不能像買乳酪一樣大量地收購報紙。只不過在英國，大眾生活從未**直截了當地**成為醜聞，畢竟這還不至於到讓國家四分五裂、得經由欺瞞來掩蓋的地步。

英國並非莎士比亞所言的珍寶之島，也不是納粹宣傳部長戈培爾（Goebbels）所描述的地獄。它比較像是個大家族，一個死氣沈沈的維多利亞家庭，裡頭雖無害群之馬，卻有塞滿骷髏頭的櫥櫃。它有該阿諛奉承的寶貴關係，也有狠心欺壓的對象，至於整個家族的收入來源，則是不能說的祕密。在這個家庭裡，年輕人通常是遭到壓抑的，大部分的權力，還是掌控在不負責任的叔叔或久病在床的姑姑手裡。儘管如此，它還是一個家庭，有自己的語言與共通的記憶，而只要有敵人接近，成員就會團結在一起。總而言之，這是一個成員參差不齊，但又運作良好的家庭——也許就是用以形容英國，最貼切的一句話。

4

或許滑鐵盧之役是在伊頓學院的運動場上打贏的，但接下來許多戰爭的開場戰役，卻是在那裡打輸的。關於英國的政治發展，過去七十幾年來最不爭的事實，就是統治階級治國能力的退步。

一九二〇至一九四〇年間，這現象更是急速加劇，雖然當我這樣寫的時候，統治階級仍然存活著。就像是一把雙刃三柄的刀子，英國社會的上端仍舊維持它在十九世紀中葉的樣子。一八三二年後，舊時的貴族領主已經失去權力，但他們並未消失或腐化，反而與商人、企業家或資本家這些取代他們的人士聯姻，並教導成像他們以前一樣。富有的船主或棉花大王自詡為郡內鄉紳，自己的兒子也在專門教授禮儀的公立學院裡學習。就這樣，英國的國事，便是由這群從暴發戶晉身的貴族統御。看到這些妄自尊大之輩所握有的力量，以及眼看著他們用錢財買得特權身分，不禁令人妄想，一個能幹的統治者，或許也能用這種方式製造出來。

即使統治階層日漸退步，失去原有的能力、膽識、甚至以往的殘暴無情，總還是會有艾登或哈里法克斯[7]這類妄自尊大的傢伙站出來，好像他們才能獨

【7】艾登（Anthony Eden, 1897-1977）：一九三五年擔任英國外交大臣，一九三八年因反對張伯倫的「綏靖」政策而辭職。哈里法克斯（Lord Halifax, 1881-1959）：張伯倫於一九三八年任命的外交大臣，姑息德軍的政策與他極為有關。他曾任英國駐印度總督、外交大臣和駐美大使等。

具似的。至於鮑德溫[8]，則只能算是空中的氣洞一個，連道貌岸然都稱不上。一九二〇年代英國內政的失控已經夠糟，但一九三一至一九三九年間的外交政策更是令人搖頭。為何會這樣呢？到底是那裡不對？為何總在每個關鍵時刻，所有英國的領導人都會毫無差錯地在直覺的指引下，做出錯誤的決策？

事實就是，這一整個財閥階級的地位，在很久以前便已失去正當性。他們雖坐在一個大帝國與世界金融網絡的中心，手裡錢來錢往——但立基點何在？若說大英帝國裡的生活怎樣都比外頭好過，確實沒有錯。在帝國之下，還有許多地方尚待開發，印度仍處於中世紀階段，大英國協自治領地仍是一片荒蕪，惹得一堆外國人覬覦不已，甚至英國本土也都充斥著貧民與失業問題。只有五十多萬住在鄉間華屋裡的人，才真正受惠於現行制度。甚且，將小生意合併變大的趨勢，促使有錢階級逐漸變成純粹的**產業所有人**，底下雇有管理與技術人員來幫他們執行業務。長久以來，英國就有一整個無用的階級，靠著一筆不知從何生來的金錢過活，這些「游手好閒的富家人」，總是愛把自家照片刊上《名流紀事》（*Tatler*）與《閒人囈語》（*Bystander*）等雜誌，以為人人都愛拜讀。這群人的存在是毫無正當性的，他們只是社會的寄生蟲，比狗兒身上的跳蚤還沒有用處。

一九二〇年以前，有不少人注意到這個現象，至一九三〇年，知道的人已經上百萬。但這些英國統治階級，當然絕不容許他們的無用就此成為絕響，否則就得放棄一切。要他們變成像美國百萬富翁那樣的土匪是不可能的，他們可不想為了獲取特權不擇手段、靠行賄或催淚彈來打擊對手。他們隸屬於具有某種傳統的階級，上過公立學院，在那裡，可是把為國捐軀、置個人死生於度外當作首要誡律。他們必須**感覺**自己是愛國之士，儘管對自己的同胞毫不客氣。如此一來，顯然他們只有一條路可走——那就是變笨。他們唯有變得**無能**掌握改善社會的秘招，才能維持現狀。雖然這並不容易，但他們還是做到了，靠著只將眼光放在過去，無視於身邊一切轉變的能耐。

如此一來，很多在英國所發生的狀況，便可獲得解答。鄉間生活的落後，

【8】鮑德溫（Stanley Baldwin, 1867-1947）：英國政治人物，曾三次出任首相（1923-1924、1924-1929、1935-1937）。

就是因為假造的封建主義，迫使有活力的年輕人不得不離開。這也說明了為何公立學院總是停滯不前，自一八八〇年以來就是那副德行，還有為何無能的軍力，總是一而再、再而三地驚動世界。自五〇年代起，英國所打的每一場戰爭，無一不是由一連串的挫敗開始，最後才由較低階層的人民給挽救回來。從貴族中拔擢的高官將領，從來不懂怎麼應付現代戰爭，因為若要如此，他們就得承認這世界是不斷在改變的。他們總是執著於老式的戰略與武器，因為他們總覺得每一場戰爭都只是在重複著過去：在波爾戰爭前，是祖魯戰爭[9]；在一次大戰前，是波爾戰爭；而在目前這場戰爭前，則是一次大戰。就連現在的英國士兵，都還在做刺刀訓練，這東西除了用來開罐頭外，幾乎毫無用處。值得注意的是，海軍與空軍總是比常備軍力還有效率，只可惜能打入統治階層的海軍將領並不多，空軍則更不用說。

我們必須承認，只要凡事太平，英國的統治階層就能平安度日，因為人民對他們極為寬容。無論如何不公不義，英國社會都不會發生階級鬥爭或遭祕密警察恫嚇等情事。大英帝國是個舉世無雙的和平世界。在它觸角所及的四分之一個地球土地上，能找到的荷槍之士，比一個巴爾幹島小國所需要的還少。在下層民眾眼裡，若以某種寬宏大量的**負面**角度來看，這些英國的統治階層是可取的，至少比那些號稱真正進步的納粹與法西斯主義者要好一點，儘管他們對外力的侵犯，完全無招架之力。

這些人無法對抗納粹或法西斯份子，因為他們不懂。而如果共產主義在西歐能夠形成一股強大勢力的話，他們也不可能抵擋得住。為了解什麼是法西斯主義，他們得先研究何為社會主義，進而領悟到原來他們所仰賴的經濟制度，是不公平、沒有效率且過時的，但他們偏偏就是不讓自己去面對這個事實。他們用來對付法西斯的態度，就跟一九一四年的騎兵將領面對機械槍枝一樣，一律不理不睬。經過多年的武力衝突與屠殺，這些英國的統治階層只看到一件

【9】波爾戰爭（Boer War）：一八九九年十月至一九〇二年五月，英國為爭奪南非金礦和南非荷裔波爾人進行的戰爭，亦稱「南非戰爭」。祖魯戰爭（Zulu War）：一八七九年，英國垂涎南非的鑽石與黃金而大軍入侵，在東部與祖魯戰士纏鬥六個月，祖魯不敵戰敗。

事，那就是希特勒與墨索里尼都憎恨共產主義，但也有人懷疑，他們和英國的股市大戶們保持友誼，是出於**必要**。這也是為何當保守黨國會議員齊為英國船隊運送物資前往資助西班牙政府而大聲喝采時，來自義大利空軍的轟炸行為，簡直讓所有人目瞪口呆。甚至，當英國高層開始警覺法西斯主義的厲害時，後者所具有的革命特質、強大的軍備力量、戰略的運用能耐等等，仍然遠遠超乎他們的理解。西班牙內戰爆發後，任何一個從廉價的宣傳手冊裡得來一點社會主義概念的人都知道，佛朗哥若得勝，對英國的影響將十分重大。然而，那些畢生鑽研戰事的將領司令們，卻連這一點都看不到。這般的政治冷感度，一直都是英國官方的素行之道，舉凡首相與內閣閣員、外交使節、領事、法官、地方長官、警察等等，一律皆然。那些逮捕「紅軍」的警官，一點都不了解「紅軍」的理念與訴求，否則他們一定會對自己作為權勢階級的保衛官身分，開始有所反感。我們甚至可以想像，也許我們的軍事間諜，也都對新興的經濟學說與地下黨派的分枝現象，一點感覺都沒有。

英國的統治階層自認法西斯主義份子與他們是同路人，這想法並非完全不對。只要不是猶太人，任何一位有錢人面對法西斯份子時所懷有的戒慎恐懼，並不下於共產主義份子或社會主義份子所給的壓力。所有德國與義大利的宣傳口號，都為掩飾此點而編設，這一點可不能輕易忘記。賽門、霍爾[10]與張伯倫這等人物，生來就是要和希特勒達成協議。然而——這時，我之前所提到的、英國人團結一心的特質，總算發揮作用——若這麼做，整個帝國就會瓦解、人民將受奴役。一個真正腐敗的政府，也許會像法國的情形一樣，毫不猶豫地蠻幹，但英國並未走到那番地步。「我們應對征服者敬表忠貞」此類畏縮的公開喊話，在英國很少出現。在經濟所得與政治原則之間擺盪的結果，讓張伯倫這類的人物，總是無法做出兩敗俱傷的決策。

若要證實英國的統治階層**在道義上**相當可靠，從他們在戰時隨時準備為國

【10】賽門（John Simon）：一九三七至一九四〇年間，於張伯倫旗下擔任財政大臣；一九四〇至一九四五年間，於邱吉爾旗下擔任大法官。霍爾（Samuel Hoare）：政治家，於外交大臣任內，因簽署霍爾拉瓦合約（Hoare-Laval pact）、認可義大利佔領衣索比亞的正當性，而被迫下台。

捐軀這點，就可說明一切，如最近的法蘭德斯（Flanders）一役，我們就犧牲了不少公爵、伯爵之流。雖然這些人時遭批評為假道學的流氓之輩，但若真如此，就不會有「為國犧牲」這種事情發生。不過，重要的是，我們千萬不能誤解他們的動機，否則會難以理解他們的這些行為。事實上，我們會在他們身上看到的，不是賣國、不戰而逃的懦弱舉止，而是愚蠢、毫無知覺的怠惰態度，以及老是決策錯誤的通天本領。他們並不令人討厭，或者說不是全部令人討厭；他們只是「孺子不可教也」。唯有失去財富與權勢，他們的年輕一代才會恍然大悟，自己到底是活在哪一種時代。

5

大英帝國在兩次大戰期間的停滯不動，影響了全英國的每一個人，其中感受最直接的，是中層階級的兩個族群：一是軍人與帝制擁護者，通常被戲稱為頑固的保守份子（*the Blimps*），另一是左派的知識菁英。很難想像，這兩個看似相互對立的陣營——一邊是半退休的陸軍上校，像恐龍一樣頭小頸粗，另一邊是賣弄學問的知識份子，額寬頸細——在精神上竟可結合在一起，持續地交互影響，好像就快成為一家人一樣。

早在三十年前，保守派軍人就已經失去活力。那些增產報國、兒子們紛紛遠赴世界所有空餘角落從軍的低知識家庭，雖為齊普林所稱許，但在一九一四年以前就已衰頹。害他們淪落至此的，是電報通訊這玩意。在一個逐漸變小的世界裡，由中央掌控的事情愈來愈多，留給個人裁奪的空間逐年縮減。克里弗、尼爾森、尼克森與戈登這些人若生在現代的大英帝國，肯定不會有發揮的空間。至一九二〇年以前，幾乎所有殖民地的每一寸土地，都已落入中央的管控。慈心善意、過度謙恭的紳士們，身著黑色衣裝、頭戴氈帽，左手前臂掛著摺妥的雨傘，盡情發表他們對於馬來西亞、奈吉利亞、蒙巴薩與曼德勒【三】的沈悶看法，而那些協助打造大英帝國的昔日功臣，則淪為事務職員，逐漸淹

【三】蒙巴薩（Mombasa）：肯亞城市，位於肯亞南部外海的蒙巴薩島上。一八九五年時受英國管轄。曼德勒（Mandalay）：緬甸中部城市，一八八五年入英軍之手。

沒在成堆的公文資料與紅色卷宗當中。在一九二〇年代初，處處可見曾經意氣風發，如今卻已軟弱無力地承受現實轉變的年長官員。從那時開始，幾乎很難再勸服年輕人投入服膺帝國的行列。而這等在政治場上所發生的情形，也同樣在商業圈中出現。勢力龐大的獨占公司，對小供應商鯨吞蠶食。與其雄心勃勃地到印度發展事業，大家寧願去孟買或新加坡的分所混口飯吃；這些地方的生活儘管枯燥無味，但總比在倫敦安穩許多。基於家庭傳統，帝制主義的精神雖仍深植於中產階級的心中，但管理帝國的工作，已不再吸引他們。若能避免的話，有能力的人，都盡量婉拒派任蘇伊士運河以東地區的機會。

值得注意的是，現在已經沒有不具某種「左派」思想的知識份子，唯一能算是右派的最後一位，大概就是勞倫斯吧。約自一九三〇年起，所謂的「知識菁英」，幾乎都習慣性地對當權者有所不滿。他們自當如此，因為以現行的規範方式，這個社會幾無他們容身之地。在這個停滯不前、既無發展亦未分化的國度，在這個由人民主導、然而主事者卻愚蠢至極、要變得「聰明一點」根本是天方夜譚的世界，知識份子毫無用武之處。如果生有一副懂得欣賞艾略特作品或馬克思理論的頭腦，保證高層絕不讓你經手任何要務。知識份子唯一能自我發揮的地方，大概只有文學評論雜誌跟左派的政黨而已。

有關左派知識份子的思想，大約從六至七篇他們在週刊或月刊發表的文章，便可略知一二。仔細研讀後，馬上就會驚訝地發現，這些文章普遍充滿負面的言辭、不滿的態度，以及永遠缺乏建設性的看法。除了針對從未妄想掌權的人物處處吹毛求疵之外，內容幾乎乏善可陳。而這些生活中充滿想法、與現實世界少有接觸的人們，他們另一個值得注意的特質則是：膚淺的感性態度。許多左派的知識份子在一九三五至一九三九年之前，都還若有似無地擁護和平主義，但戰爭爆發之後，卻全都突然變得十分冷靜。不管是真是假，但現在大多認為，在西班牙內戰期間最強烈反對法西斯的人物，才是最失敗的一群。由此可見，英國的知識菁英，其實是與平民文化有所隔閡的。

無論如何，英國的知識份子就是想歐陸化。他們從巴黎學來烹調術，所提意見和莫斯科人大同小異，在普遍一致的愛國熱潮裡，他們自成一方孤島，思想與眾人格格不入。世上唯一會恥為大國一員的，大概只有英國的知識份子。

在左派的圈子裡，總瀰漫著一股身為英國人的無奈，因此從賽馬到布丁、不時嘲笑每一丁點跟英國有關的制度，正是他們的責任。尤其詭異的是，幾乎所有英國的知識份子，都覺得立正枯等「願上帝拯救我王」的儀式結束，比從一個爛盒子裡偷東西還要令人羞恥。在國事紛亂之秋，許多左派份子拼命攻訐英國人的道德觀，一會兒說它是軟趴趴的和平主義，一會兒又說它是暴力的挺俄思想，總之都是一味地反英。雖然我們不知這些行為的效益如何，但確實是起了一些作用。如果說英國人民有好幾年都為道德感的衰微而苦，以致於讓法西斯主義盟國認為英國正在衰頹、值得一戰，那麼這些左派的知識份子應該功不可沒。《新政治家》（*New Statesman*）與《新聞紀事》（*News Chronicle*）兩大政論報刊皆大聲反對簽署慕尼黑協定，但其實它們多少也造就了協議的簽署。保守派軍黨經過十年的停擺，再也吸引不了優秀的年輕人入列，加上帝國發展的停滯，整個軍領階層已經無力回天，而左派思想的膚淺散播，則更加速了他們潰散的腳步。

很明顯地，英國知識份子過去十年間針對保守軍派的清一色**負面**意見，其實是統治階層愚昧表現的附加產品。他們的建議無法被社會所採用，而他們也不會了解，為國奉獻的意義，在於「是好是壞，都得接受」，這是保守軍派跟高層都視之為理所當然的道理。如此一來，愛國主義與智識主義，彷彿又得分道揚鑣。如果是個愛國人士，你看的是《布萊克伍德雜誌》（*Blackwood's Magazine*），公開慶幸自己「沒有一副好腦袋」；但如果你是個文人，你就會嘲笑英國國旗，視動武為野蠻的行為。無論如何，這樣荒謬的對立習性必須停止。文人區高級知識份子一貫的冷嘲熱諷，跟以往騎兵將領的行徑一樣，早已不合時宜，而現代的英國，已經不能再承受這些對立。愛國主義與智識主義必須再度攜手合作，因為我們正在打一場非常獨特的戰役，也許它能讓兩者的裂痕，重新敉平。

6

過去二十幾年來英國最重大的發展之一，就是中層階級往上與往下的伸展。由於擴展幅度太大，以至於傳統的資本家、無產階級、小布爾喬亞族群

（即擁有小型資產者）三分法，已經顯得過時老舊。

在英國，大部分的資產與財富，均集中在極少數人手裡。除了衣物、傢俱或房屋之外，現代的英國人真正**擁有**東西的並不多。小農階級早已消失，獨立的售貨商已被摧毀，而小生意人也寥寥可數。但同時，現代產業由於十分複雜，也必須靠大量的經理人、業務員、工程師、化學家與技術人員等等來支撐，發出的薪水多到數不盡。隨之衍生的，是一大群所謂的專業人士階級，包括醫師、律師、老師、以及藝術家等等。因此，資本主義的蓬勃發展，不但未如原先所想的將中層階級踢除，反而擴大了它的範圍。

更重要的，是中層階級的思想與習慣，也隨著擴張的情勢而滲入下層階級裡。從很多方面來看，英國的勞工現在幾乎都比三十年前過得更好，其中有部份是基於工會聯盟的努力，另一部份則是純出於物理科學的進步。不過，工資沒有相應地調漲，但國人的生活水準卻依然上升，這點始終令人費解。或許，一個民族可以光靠墊腳就把自己抬高吧！無論如何，不管這社會如何地不公平，某些先進技術仍是用來增進所有人的利益，畢竟許多需求是大眾皆有的。

例如，一位百萬富翁並不能只為自己而點亮街燈，而不讓他人享用。幾乎所有文明國家，都有良好的道路、無菌的飲水、維護治安的警察、免費的圖書館與國民教育等等。英國的公立教育經費長久以來嚴重不足，但卻能有所改善，部份是因為教師們的努力，以及閱讀習慣大量普及的緣故。大家不分貧富，讀一樣的書、看相同的電影、聽同樣的廣播節目。生活型態的差別，也隨著大量的廉價衣物與日益改良的住宅而逐漸消失。就外表來講，特別是女人，窮人與有錢人的衣著差異，遠比三十年、甚至十五年前來得小。至於住宅，英國的貧民住宅雖屢為人所詬病，但多數都是過去十年間由地方所興建。現代的郡營住宅，有衛浴也有電燈，雖比股市交易員的獨棟洋房小，但至少都外觀一致，跟鄉下農舍大異其趣。在郡營住宅裡長大的小孩，看起來——而且是非常明顯地——遠比在貧民住宅長大的小孩，更有中產階級的樣子。

這一切改變的結果，就是人們的舉止，普遍變得柔和許多。由於現代生產技術所需的勞力愈來愈少，促使人們有餘力在下班後從事其他活動，也使得這個現象更為明顯。事實上，許多在輕工業領域工作的勞工，所花的力氣不見得比醫生或批發商多。無論從品味、習慣、舉止、與外表來看，勞動階級已與中層階級合而為一。儘管不公平的區別依然存在，但實際的差異正逐漸減少中。過去那不穿有領上衣、不刮鬍、因從事粗活而練就的大塊肌肉等等「無產階級」的固有形象雖然還在，但人數已不斷下降，而且多半只能在英國北部的重工業地區，才會見到他們的身影。

一九一八年後，英國史無前例地出現了一群社會階層不定的人馬。在一九一〇年時，透過衣裝、舉止與口音，我們馬上就能讓每個人「歸位」，但現在可不行。至少，在因平價汽車普及、南方經濟起飛而繁榮發達的新市鎮裡，這種辨識法是行不通的。英國未來的成長契機，就在輕工業與綿密路網的周邊。在斯勞（Slough）、戴真罕（Dagenham）、巴內（Barnet）、萊契沃斯（Letchworth）、海耶斯（Hayes）等地方，以及每個大城的周圍，老舊的市景正不斷汰換中。在玻璃與磚頭構築而成的新天地裡，舊式城鎮中貧民住宅與大苑宅邸、鄉間莊園與髒污農舍的鮮明對比，從此不可得見。個人的收入雖然別有區分，但從節省勞力的公寓到郡營住宅、從水泥道路到可讓人自在裸體的泳池，已讓各階層人民的生活型態趨近一致。那是個毫不停息、缺乏內涵的生活，以罐頭食品、《圖畫郵報》(*Picture Post*)、廣播與內燃引擎為中心；孩子們對磁力發電機瞭若指掌，對《聖經》則一無所知。對這個文化感到自在的人們，是確確實實**屬於**現代化生活的技術人員、收入較高的技工、機師與機械工、電台專業人員、電影製作人、記者、與化工學家等等。這群人，就是讓舊有的階級區分法則，開始產生崩解的那一階層。

現在的這場戰爭，除非我們打輸，否則它將會把現存的一切階級特權都掃除掉，因為希望這些特權能夠繼續維持的人，已經愈來愈少。我們毋需害怕大環境的改變將使英國失去它獨有的味道，倫敦市區新穎的紅豔市容雖然俗麗，但這些都是伴隨改變而來的零星成果。不管英國在戰後的樣貌如何改變，都還是會跟前面提到的幾項特徵緊緊扣在一起，因此，想要目睹它與俄國或德國同化的知識份子們，恐怕要大失所望了。溫文儒雅、虛偽、缺乏想法、敬重法律與憎惡軍服等性格，依然會與奶油布丁及霧茫茫的天空等等，一同長存下去。要摧毀一個民族文化，得靠敵軍長期壓陣那樣的重大災難。然而，儘管證券交易所會被拆除、馬用犁具會由牽引機替代，鄉下的馬匹會被挪去兒童夏令營運用、伊頓（Eton）與哈洛（Harrow）公學的比賽將被遺忘，但英國還是英國；它就像是一頭永遠不斷伸向過去與未來的動物，亦如這世上的所有生物一般，擁有能夠全盤改變、卻又維持原味的本事。

第二部：莎士比亞上戰場

1

我剛寫這本書的時候，外頭已響起隆隆的轟炸聲，現在提筆寫這第二部時，砲火更是變本加厲。槍火的閃光點亮了夜空，殘磚片瓦在屋頂上紛飛，倫敦大橋就要垮下來、垮下來、垮下來。懂得看地圖的人，都知道我們已陷入險境。我不是說我們已經輸了、或是應該被打敗，最終的結果還是得視我們的意願而定，但我們實在是深陷困境、動彈不得。而之所以走到這部田地，主要是因為我們的一些愚蠢行為，因此我們若再不趕快想辦法改變，可真的就會萬劫不復。

現在這場戰爭告訴我們，私有性的資本主義——亦即土地、工廠、礦產、交通運輸均交由私人經營，純以營利為目的的經濟體系——**完全行不通**，它實在辜負眾人所望。過去幾年來，已有上百萬的人注意到這個事實，但既然在下者不覺得有立即改善的必要、在上者亦無能處理，因此什麼事都沒有發生，不管怎麼說、怎麼做都不對。而坐擁財富的金主，只會說一切都是為了獲取最好的結果。然而，希特勒一舉侵略歐洲，卻**實際地**揭穿資本主義的虛假面具。戰爭並非好事，但卻是測試力量的方法，像握力機一樣，力氣大的人可以拿回投入的硬幣，而且測試的結果無法造假。

當航海螺旋槳剛發明時，大家爭論了好幾年，到底是螺旋槳輪船還是明輪船好。就像所有過時的東西一樣，明輪船有它的擁護者，個個雄才善辯。最後，終於有個明智的海軍司令，將同樣馬力的兩種輪船船尾扣在一起，發動機一開，答案自然揭曉。在挪威與法蘭德斯，人家是這樣解決事情的。事實證明，有規劃的經濟體，確實比紛亂無序的經濟體強壯許多。但繼續討論之前，我想最好先就兩個常被濫用的詞語——社會主義與法西斯主義，作一釐清。

通常，社會主義會被定義成：「對於生產媒介的共同擁有」。粗淺地講，代表整個國家的政府，擁有一切，而所有人都是政府的僱員。這**並不**表示人民不能擁有衣服或傢俱等私人財物，但**確實是**說，所有具生產力的東西，如土地、礦藏、船舶機具等等，都是政府的財產，政府是唯一的大宗生產者。儘管社會主義並不見得全然優於資本主義，但可以確定的是，它跟資本主義不同，可以解決生產與消費的問題。在一切正常的時候，資本式的經濟體永遠都無法消耗自己所生產的東西，因此總會造成浪費（燒掉的小麥、倒回海裡的鯡魚乾等等）、以及失業。相對地，戰爭期間，它也沒辦法生產一切大家所需要的東西，因為除非有利可圖，否則不會有人願意投入。

若是一個社會主義的經濟體，就不會有這樣的問題。政府只需要計算何時需要什麼，然後盡力去製造出來即可，生產率只會受限於勞力與原料的數量。此時，金錢只是供內政運用，不再是神祕的萬能之物，我們可將之轉化成購物券或配給票，數量以現時可以提供的消費品，做限額的發放。

不過，過去幾年以來，有關「對於生產媒介的共同擁有」這樣的定義，已不足以描述社會主義本身。要貼切一點，應該再加上以下的說法，如：收入幾近平等（只能夠幾近）、政治民主、取消所有世襲的特權，特別是教育方面。這些都是防止階級制度再度回籠的必要條件。但若人民不是大致生活水準相當，且多少能夠監督政府的話，所有權的集中化就無多大意義。「政府」有可能只是一個自選的政黨，藉由權力、而非金錢，讓寡頭政治與特權再度復生。

那麼，法西斯主義是什麼？

按照德國人的版本，法西斯主義是一種借重社會主義長處的資本主義，目的在於讓打仗更有效率。從內政來看，德國和一個社會主義國家幾無兩樣，人民可以擁有資產，資本家與勞工都仍存在，還有——這才是重點，也是為何世界所有富人都願意向法西斯主義靠攏的主要原因——在納粹革命之前，大致上這些資本家原本就是資本家、勞工就是勞工。只不過，納粹黨作為當然的政府，掌控著一切，包括所有的投資、原料、利率、工時，以及薪資。工廠老闆還是擁有他的工廠，但在實際操作上，他其實已被降為經理人的角色。每個人都算是政府的員工，只是薪水的差異非常大。這個體系最**有效率**的地方，就是清除長物與障礙，而且在短短七年內，它就打造出史上最有力的戰爭機器。

然而，在根本上，法西斯主義與社會主義所依存的原則是完全不同的。社會主義的終極目的，在於打造一個世界性的自由國度，人人平等。對它而言，平等的人權是理所當然的。納粹主義則完全相反。納粹運動的動力，來自於相信人是**不平等**的，德國人比其他人種優越，因此有權統治全世界。在德意志帝國之外，他們毋需遵守任何規範，甚至，為納粹服務的教授們，一而再、再而三地「證明」，只有北方人種是發展完全的人類，而且竟然還異想天開地認為，像我們這些非北方人種，或許可和大猩猩繁衍後代！因此，一旦德國境內出現某種形式的戰爭型社會主義後，它便轉以剝削者的角色，對待那些被征服的國家。捷克人、波蘭人、法國人等等，他們的功能僅在於生產德國人所需的物品，而德國人為防止動亂，則給予微薄的施捨。同樣地，如果我們被征服的話，我們的工作，將會是為希特勒製造未來與蘇俄、美國相戰的武器。事實上，納粹黨的目的，是要建立某種種姓制度，像印度教那樣分為四大階級。第一級是納粹黨人，第二級是德國人民，第三級是被征服的歐洲民族，最後的第四級則是有色人種、希特勒口中的「半人猿」，這群人基本上是用來當奴隸的。

無論這個制度有多可怕，但它**確實管用**。因為它規劃良好、有明確的目標，最終就是要征服全世界，不容任何資本家或勞工等私人利益來阻撓。英國施行的資本主義之所以不管用，是因為那是一個競爭性的體系，私人的利益就是大家最終的追求。在那樣的制度下，所有的力量各自分散、拉扯，個人利益與國家利益，也經常不是完全對立。

在艱困時期，英國的資本主義體系，空有其偌大的工業廠房與技術勞力的超級補給力，卻無法應付戰爭的緊繃步調。若要打一場現代的戰爭，我們必須將大部分國家的收入轉於戰備上，等於是得減少消費物資。一架轟炸機的價格，相當於五十部小汽車、八千雙絲質長襪，或是一百萬條麵包。顯然地，若要擁有**很多架**轟炸機，就不能不犧牲國民的生活水準，就像葛林（Marshal Goring）所說的，這是槍或奶油的問題。然而，由張伯倫所領導的英國政府，卻無法做這樣的轉變。富人不肯支付必要的徵稅，但如果他們看起來一直都很富有，那也不能對窮人課太重的稅。此外，既然是**利益**至上，那麼製造商也就毫無意願改變生產內容，將消費品改為軍備武器。再者，生意人首先必須對他的股東負責。或許英國需要坦克車，但生產汽車的報酬率，可能還是比較高。

避免戰爭物料流入敵人手裡是常識，而在市場裡賣得好價錢則是本事。直到一九三九年八月為止，英國的商人，無不前仆後繼地將馬口鐵、橡膠、銅、蟲漆銷售至德國，而那時大家都明白，戰爭在一兩週內就要爆發。這樣的行為，大概跟賣刮鬍刀給人來割自己喉嚨沒兩樣，但再怎麼樣，它都是一門「好生意」。

我們再來看看接下來的結果。大家都知道，一九三四年起，德國開始大整軍備，至一九三六年，只要有點腦筋的人都曉得，戰爭即將來臨，而慕尼黑協定簽署後，戰爭更是早晚的事。一九三九年九月，大戰爆發，但**八個月後**，大家才發現，英軍的戰備，竟然還不如第一次世界大戰時的水準。我們的士兵一路潰退至海岸，以一架飛機抵擋敵軍三架、以步槍對抗坦克、以刺刀對付自動步槍，甚至連供應軍官使用的左輪手槍都不足。戰爭開始一年後，常備軍仍然短缺三十萬頂頭盔，之前更出現制服短少的狀況——這種事，竟然會發生在一個羊毛織品大國，實在不可思議！

事實上，遲遲不願面對生活改變的有錢階級，已對法西斯主義的本質與現代戰爭視若無睹。虛假的樂觀主義，經由嘩眾取寵的報章媒體傳輸給大眾，這些媒體靠廣告營生，當然只希望生意好做。年復一年，比佛布魯克大報系（Beaverbrook press）不斷以斗大的頭條宣稱「戰爭不會來」，而直到一九三九年初，報業大亨羅瑟彌爾爵士（Lord Rothermere）還說希特勒是個「偉大的紳士」。當英國除了船艦、其餘軍備皆嚴重短缺時，卻未曾聽說有汽車、毛草大衣、留聲機、口紅、巧克力或絲襪等物資供應不足的問題。有誰敢否認，類似的公共需求與私人利益拉扯戰，不是持續在發生呢？英國為生存而戰，而生意人則須為自己的利益而活。翻開報紙，這兩相矛盾的事實時時映入眼簾。在同一個版面上，政府要你存錢，而販售無用精品的商人卻要你花錢。請給護衛戰一個機會，但健力士啤酒也不賴；噴火式戰鬥機雖該買，但請記得，海格牌威士忌、旁氏面霜與黑魔巧克力，一樣很值得帶。

所幸，大眾的想法是會搖擺的。假使我們能熬過這場戰爭，法蘭德斯的那場敗仗，就會成為英國歷史重要的轉捩點之一。從這場壯烈的戰役中，勞工階級、中產階級、甚至部份的商業團體，都見識到私有資本主義的極端腐化。在那之前，任何反制資本主義的立場都未曾如此**明確**。身為當時唯一的社會主義國家，蘇俄總是被視為落後的代表。在汲汲營營的銀行家與笑聲刺耳的股市交易員面前，所有的批評都盡在不言中。社會主義？哈！哈！哈！錢從哪裡來？哈！哈！哈！大財主們會坐在椅子上牢牢不動，心裡明白得很。然而，當法國潰敗之後，出現了一件令人無法一笑置之、且不論是支票本或警察，都沒辦法解決的東西，那就是——炸彈。咻—蹦！那是什麼？喔，是證券交易所被炸了。咻—蹦！不知是誰的哪塊寶地被轟到西邊去。如此讓倫敦市民瞬間轉喜為悲，希特勒肯定會名留青史。生平第一次，他們的生活變得一點也不舒適，向來樂觀以對的專家們，也承認事情有點不對勁，這是很大的進步。從那時候開始，茫然若失的人們，總算願意接受計畫經濟可能會比自由市場好的說法，也同意自由經濟裡只有差勁的人才賺錢的現實；要遊說他們，終於不再像以前一樣困難。

2

社會主義與資本主義之間的首要差別，並不在於技術問題。轉換體制，不能像在工廠裡裝一套新機具，然後用相同的操作員那樣運作。顯然地，我們需要全新的權力移轉，注入新血、新成員、還有新的想法——總而言之，就是一場大革命。

我之前曾經提到英國社會的穩固與同質性，也談過愛國心如何跨越階級、串連全國上下的現象，而經過敦克爾克一役之後，情勢更是明顯。不過，若以為希望已然達成，那也太過天真。儘管我們幾乎可以確定，全國大眾已準備好接受必要的大幅改變，然而，這些改變卻仍未開始發生。

英國是個由一群錯誤的主事者管理的家庭。掌管國家命運的，不是有錢人、就是生來就有權勢的人。這些人並非有意要讓人靠不住，有些也並非笨蛋，但就整個階級來看，他們絕對無法帶領我們贏得勝利，就算他們並不會受物質利益所牽絆，但就是辦不到。就如我之前所指出，他們已經茫然若失。金錢的法則，讓我們必須受制於老一輩——也就是一群無法掌握時代脈動及認清敵人角色的人們。在二次大戰之初，眼見這群舊世代一致認為那不過是一次大戰的翻版，實在令人洩氣。無用的老東西又再度回到崗位上，不但老了二十歲，頭骨也變得更塌。楊黑（Ian Hay）一樣負責激勵士氣的工作，貝洛克（Belloc）繼續寫他的戰略專欄，莫若瓦（Maurois）依然做他的廣播、巴恩史法德（Bairnsfather）畫他的漫畫，整個情景宛如一場鬼魅的茶會。這類的狀況，至今依然毫無改變。悲慘的戰敗經驗，終於讓貝文（Bevin）這類有能力的人物出線，但整體而言，在我們上頭指揮的，還是一堆未意識到希特勒的危險、以為總能度過難關的無知之士。這批怎樣也教不懂的世代，就像一串屍首一樣，垂吊在我們面前。

當我們開始思考這個戰爭——不管是從宏觀的戰略角度或是微小的內部組織問題來看——馬上就會發現，假使英國的社會架構依然維持原狀的話，就無法進行應有的改變。這是難以避免的，由於地位與教養的關係，統治階層會堅持維護他們的特權，而這會與公眾利益背道而馳。認為戰爭的目標、策略、政治宣傳與工業組織均是自成一局的想法，是錯誤的；所有的元素其實是交相串連。每個社會體系所產出的戰略計畫、技術方法、甚至武器，都背負著它自有的印記。英國統治階層所要對抗的希特勒，曾在他們眼中是個抵抗布爾什維克主義的偉人。雖然這並不表示他們會故意出賣自己，但事實就是，凡關鍵時刻，他們就會畏畏縮縮、不肯使盡全力，並做出錯誤的決定。

儘管邱吉爾政府上台後，事情終於有所轉機，但從一九三一年以來，憑著無比的天賦，那些統治階層已經鑄成大錯。隨便一個頭腦清醒的人，都警告過他們，西班牙若變成法西斯的天下，勢必對英國不利，但他們還是軍援佛朗哥、幫助他取得政權。整個一九三九至一九四〇年冬，他們不斷提供軍備給義大利，雖然所有情勢均顯示，義大利人將在隔年春天對我們展開侵襲。此外，光是為了區區幾十萬個股東的利益，他們把印度由盟友變成敵人。更有甚者，由於掌控權仍在有錢階級手裡，我們只能採取**防衛性**的策略。每一場勝利，都意謂著現狀的改變。如果不去爭取英國國內有色人種的支持，我們如何將義大利人趕出阿比西尼亞？如果不冒險協助德國社會主義與共產主義份子取得權力，我們如何將希特勒打得落花流水？大聲呼喊「這是一場資本主義之戰」的左派份子，與「大英帝國主義」爭奪戰利品的時代，都已成為過去。現在，英國的權勢階級一心想擷取新興土地，但這只會帶來困擾。他們（既無法達成、亦說不出口）的戰爭目的，只會更讓自己動彈不得而已。

就內部運作而言，英國仍是有錢人的天堂。「均等的犧牲奉獻」之類的言辭，全是沒有意義的話語。當工人們被要求忍受更長工時的同時，報紙上卻出現「一個男管家，勝過八個小職員」的廣告。當倫敦東區失業人口驟增、遊民四佈時，稍有點閒錢的公子正準備搭車前往鄉間的別墅歇息。我們的義勇防空後備軍，在幾週之內便膨脹成一百萬人，而由上而下的組織方式，導致只有具定期收入的人，才能坐上長官的位子。甚至，軍餉的配額也是依此而定，因此窮人老是沒飯吃，但年收入超過兩千英鎊的士官，則完全不受影響。無所不在的特權，處處令人心灰意冷。在這樣的情況下，政治口號一點用處也沒用。為激發人民的愛國心，張伯倫政府在大戰爆發之初到處張貼的紅色海報，其數量可說是前所未見，但再多就不行了。張伯倫與他的追隨者，怎敢冒險鼓吹人民強烈**反對法西斯主義**？痛恨法西斯主義的人，一定也會反張伯倫、反所有協助希特勒掌權的人。同樣地，對外的宣傳也是。在哈里法克斯的講稿裡，未曾出現任何會引發歐洲人民不滿的言辭；畢竟，像他這樣的人，除了只希望一切回復到一九三三年之外，還會有什麼？

唯有透過革命，英國人民的天性才能獲得解放。我所說的革命，並不是要揮舞紅旗與發動抗爭，而是指權力的根本移轉，至於是否會發生流血暴力，純視時間與地點而定。革命，亦不代表單一階級的獨裁。知道該進行何種改變、並懂得如何實現它們的英國人民，並不限於某個階級，但裡頭應該找不到幾個年收入超過兩千英鎊的人物。我們所期盼的，是個由平凡老百姓自動發起的開放性抗爭，對抗效率不彰、階級特權、與舊式規範等問題。總之，最重要的，不是要更換政府。廣泛來說，英國政府代表民意，因此若從底層改變結構，我們應該會得到一個我們所要的政府。年紀老邁、向法西斯靠攏的外交使節、將領、官員與殖民地行政官等，遠比公然做出蠢事的內閣大臣們還要危險。只要我們身為國民，就該對抗特權、反對「半聰明的公立學院生仍比頭腦好的技工適合當指揮官」的這種想法。儘管有錢階級裡也有資質不凡、誠實可靠的**個人**存在，我們還是不能將之一概而論。英國必須保有它最真實的面貌，那個躲在表面底下，藏在工廠與報業辦公室、隱在飛機與潛水艇裡的英國，必須挺身而出、勇敢承擔自己的命運。

短期內，均等的犧牲奉獻、「戰時的共產精神」，比激烈的經濟變革還要重要。工業應該要國有化，但更要緊的，是要讓管家與「擁有個人收入」之類的怪物永遠消失。西班牙共和政府之所以能在大軍壓陣之下奮力撐過兩年半，就是因為他們的貧富差距不大。人民過得很痛苦，但大家都一樣。士兵沒有香煙可抽，將官也沒有。像英國這樣的國家，如有這般同等的犧牲奉獻，其士氣勢必銳不可擋。只是至今為止，我們僅能訴諸傳統的愛國精神，雖有一定的強度，但並非無止無盡。也許會有人說：「讓希特勒統治，我大概不會過得比較差吧」；但當士兵們每天靠兩塊六毛生活，卻有些肥女人開著勞斯萊斯四處兜風、遛她們的哈巴狗時，如果希望他聽得進去，你會怎樣回答他呢？

這場戰爭，看來還會再打個三年，這意味著殘忍的超時工作、灰冷的冬日、無味的食物、匱乏的娛樂，還有漫長的轟炸，都得延續好一陣子。生活水準肯定降低，因為戰爭的核心行動，是在於製造槍砲彈藥，不是消費物品。勞工階級得受苦受難，而如果他們知道自己是為何而戰，他們**將會**一直忍耐下去。他們不是懦夫，也無國際視野；他們可以忍受西班牙工人所承受的痛苦、甚至更多，只希望能看到更美好的未來。他們最想熱切看到的，是當他們繳了稅、一再超時工作之後，看到有錢人遭到更嚴重的打擊，而且叫聲愈淒厲愈好。

如果我們要，一定做得到。若說英國的民意沒有力量，那就錯了。沒有達成某些目的的話，它是不會讓人聽見的，而過去六個月來的改變，正是它的功勞。儘管如此，我們的速度還是像冰河移動一樣緩慢，而且僅靠悲慘的經驗汲取教訓。巴黎的淪陷，才讓我們擺脫張伯倫，而由於倫敦東區兩萬多人的無辜死傷，我們才能脫離安德森爵士[12]的宰制。沒有必要為了埋葬一個人，而花上一場戰役的代價。我們對抗的是一瞬間的邪惡智慧、時間壓力，以及：

敗戰的歷史
也許會說：啊！但卻無法改變，亦無法原諒。

3

過去六個月裡，關於「第五縱隊」[13]的討論很多。經常有一些行為詭異的人，因發表有利希特勒的言論而鋃鐺入獄，不少德國難民也遭到居留，但這其實對我們傷害頗大。認為第五縱隊士兵會像在荷蘭與比利時一樣、突然手持槍械現身街頭的想法，顯然十分可笑。儘管如此，第五縱隊的威脅依然存在。如果思考一下英國戰敗的可能方式，這招也是不無可能。

若要終結一場大戰，其實不太可能光靠飛彈轟炸來解決。英國或許會遭侵略或佔領，但那會是一場賭注，因為若未成功，反而會讓英國人民更加凝聚、不再像以前那樣聽信於守舊軍派人士。甚至，如果我們被外來軍隊所征服，大

【12】安德森爵士（Sir John Anderson）：政治家，一九三九年任內政大臣與內政安全部長。

【13】第五縱隊（The Fifth Column）：指滲入敵軍的奸細。此說源自西班牙內戰時期，名將摩拉自稱擁有五大縱隊，其中第五縱隊即用來深入敵陣假裝效力、以作為內應的間諜。

家在知道戰敗之後，一定會持續抵抗，而敵軍能否永久鎮壓下去，或者希特勒是否願意讓一支百萬人的軍隊長久駐紮在這幾座島上，這就不得而知了。一個□□、□□與□□（名字隨便你填）的政府，會更適合他。英國人也許不會因脅迫而投降，但他們卻可能像慕尼黑協定的簽署一樣，在不知情的狀況下，被半哄半騙地就範。在戰況看起來略有好轉時，這情形更容易發生。德軍與義軍的政治口號聽起來可怕，但其實只是一種心理作用、頂多哄哄知識份子。面對一般民眾，應該要說：「就當是平手吧！」只有劃出和平解決的**那些**界線時，傾向法西斯主義的人士，才會開始出聲。

那麼，誰是傾向法西斯主義的人呢？希特勒的勝利之光，讓大財主、共產黨人、莫斯里[14]的信徒、和平主義份子、以及天主教的部份派別等等，都紛紛欣賞不已。當大後方的戰況不妙時，勞工階層中最貧困的一群，即使並不積極支持希特勒，卻有可能會倒向失敗主義的一方。

從上面那份雜亂的清單上，可看出德國政治宣傳企圖一網打盡、讓人人有所得的野心。只不過，這些傾向法西斯主義的力量，並非同心協力，運作的方式也各有分歧。

直到蘇俄的政局改變以前，共產黨向來都被認為是挺希特勒的，但他們的影響並不大。相較之下，現在已經式微的莫斯里黑衣黨，由於在軍隊裡暗中設點，反而威脅較大，只是即使在極盛時期，它的黨員數也未超過五萬人。至於和平主義派，與其說它是政治勢力，不如稱它為心理性的聚合力量。部份較為激進的和平主義者，一開始雖堅決反對任何暴力，但最後卻溫和地擁護希特勒，甚至還玩起反猶太運動，這點相當有趣，但並不重要。「純粹的」和平主義，是海事霸權的副產品，僅能吸引生活安逸的人們，此外，它既不積極、且不負責，因此不會引發太多熱情。在「和平誓約聯盟」的會員中，不到百分之十五的人乖乖地繳納年費。總之，不論是和平主義者、共產黨或黑衣黨員，都沒有辦法僅靠一己之力就能大力發起呼籲停戰的運動，但他們卻可在自作賤的政府跟敵軍協議投降的時候，派上一點用場。就像法國共產黨人一樣，他們可

【14】莫斯里（Sir Oswald Ernald Mosley, 1896-1980）：英國政治家，英國法西斯聯盟創辦人。

以為百萬富翁們，擔任頭腦半清不楚的掮客。

真正的危險，是來自於上頭。大家可能沒注意到，最近希特勒的言談裡，經常提到他要成為窮人的朋友、財閥的敵人云云。但他真正的自我，就在他的著作《我的奮鬥》中、就在他的行動裡。他從未處決過半個有錢人，除非他們是猶太人、或膽敢與他為敵。他擁護集權式的經濟，好在幾乎不變的社會架構下，奪走資本家的權力。政府掌控著工業，但貧富的差距、主僕的關係，依然存在。因此，基於反社會主義的立場，有錢的階級是站在他這邊的。西班牙內戰、與法國淪陷的這兩段過去，就是鐵錚錚的事實。聽命於希特勒的傀儡政府，不是由工人所領導，而是由銀行家、老糊塗的將領與腐敗的右翼政治人物等等，所組成的一丘之貉。

像這般明目張膽、**有意識的**賣國行徑，不太可能在英國發生，更真確地說，是不可能有人想這麼做。然而，對許多支付重稅的有錢人來講，這場戰爭不過是個無聊的家庭混仗，應該傾全力來終止它。無疑地，在高層的某個角落，有個「和平」運動正逐漸形成，也許有個影子內閣已經成立。這些人出頭的機會，不在於吃敗仗的那一刻，而是在世局停滯不前、人民的煩悶與不滿累積到一定程度的時候。他們絕口不提投降，只須高喊和平；有朝一日，他們將能說服自己、或說服別人，他們的所作所為，都是為了創造更好的明天。然而，除非我們能擁有某種合理的社會公義，否則當一群失業的軍人由百萬富翁帶領朗誦《山上寶訓》時，我們就危險了。要記住，坐在勞斯萊斯裡的貴婦，是比戈林[15]手下的轟炸機隊，還要更腐蝕人心的。

【15】赫爾曼・戈林（Hermann Goering, 1893-19461）：德國納粹黨領導人之一。一九三三年希特勒上台後，任空軍部長、經濟部長、普魯士總理等職，負責擴充軍隊、發展蓋世太保。

第三部：英式革命

1

英國的革命，在幾年前就已起頭，而當敦克爾克戰役結束後，情勢更加高漲。雖然它同樣是以一種慵懶、無意的方式開展，但它確實正在進行當中。只不過，戰爭加速了它的進程，但也不幸地增加了速度的必要性。

進步與反動，已跟黨派色彩沒有關係。如要特別指出某個時間點，那麼我們或許可以說，左派與右派的舊有區隔，已在《圖畫郵報》發行的那一刻消失無蹤。《圖畫郵報》的政治立場是什麼？還有《亂世春秋》（*Cavalcade*）、普里斯萊的廣播節目、與《倫敦晚報》（*Evening Standard*）的社論文章呢？以往的區分標準，再也不能適用。這件事告訴我們，最近這一兩年，有愈來愈多不囿限於標籤的人們，已經發現事情有些不對勁。由於一個沒有階級劃分、不屬於任何人的社會，通常被稱作「社會主義」國家，我們或可把此一名號，套用在目前正在改變的這個社會身上。戰爭與革命是不可分割的。我們不能在建立一個西方所謂的社會主義國家時，卻未將希特勒擊潰；同樣地，如我們一直保持十九世紀的經濟與社會體制，我們就無法讓希特勒俯首稱臣。過去正在抵抗著未來，而我們則有兩年、一年，或者僅僅幾個月的時間，就能看到未來即將戰勝。

我們不能指望任何一個政府，能自動地推動必要的改變，發起的力量必須由下而起。這意味著，英國即將發生某種前所未見的事件，那就是：一個真正具有強大民意做為後盾的社會主義運動。不過，在一切開始之前，我們得先來了解，為何英國過去的社會主義運動，總是無疾而終。

在英國，只存在一個像樣的社會主義政黨，那就是工黨。但是，工黨從未成功地引導任何重大改變，因為除了純內政的議題之外，它未曾有過半點自己的政策。從過去到現在，它一直都以扮演工會聯盟政黨的角色為主，關心的重點都只放在提高薪資與改善工作環境上。也就是說，在國家處境艱難的那幾年裡，它完全只對英國資本主義的發展感興趣，尤其注重如何鞏固大英帝國的勢力，因為整個國家的財源，主要來自亞非，而工會聯盟成員的生活水準，也間接仰賴於印度苦力所流的汗水。身為一個社會主義政黨，工黨在操弄社會主義辭令的同時，採用的是過時的反帝制主義思想，誓言要對有色人種有所補償。它必須支持印度的「獨立」，如同它對裁減軍備與「追求進步」等等的一貫要求。儘管如此，大家都曉得那是沒有意義的。在一個坦克車與轟炸機當道的時代，像印度與非洲殖民地那樣的落後國家，並不會比貓狗更有獨立的本錢。如果工黨政府真的經由內部討論、通過讓印度成為所謂獨立國家的決定，印度只會慘遭日本吞併、或被日本與蘇俄共同瓜分。

對一個執政的工黨政府來說，它有三大政策方向可選擇。一是按以前的方式繼續治理下去，等於是放棄所有跟社會主義有關的訴求。第二個方向是，讓所有英國人民「自由」，也就是說將他們交給日本、義大利與其他嗜血的政權，然後順帶地讓英國的生活水準一落千丈。第三，是提出一個「正向的」帝制政策，將大英帝國轉化為社會主義式的聯邦政府，如同一個較為鬆散、自由的蘇聯共和國。然而，工黨的歷史背景，並不容許這樣的情形發生。它只是一個代表工會聯盟的政黨、格局狹隘，既對帝制事務不感興趣、亦與熟悉帝國政務的核心勢力毫無交情。在情非得已的情況下，它必須將管理印非、以及捍衛帝國的工作，交給出身不同階層、且向來對社會主義不甚友善的治理者。這個亦步亦趨的工黨政府能否管好自己，頗讓人存疑。它在海軍裡沒有任何勢力，陸、空軍裡也很少見到它的黨羽，在殖民公事或中央政府的影響更是微不足道。在英國本地，它雖然有一定的地位，但也並非無懈可擊，況且只要出了本島，就全是它敵人的天下。一旦執政，就必須面對同樣的兩難：要不就貫徹你的承諾、試圖突破，要不就採行保守派的政策、從此跟社會主義說再見。對此，工黨的領導人從未找到解決之道，而且自一九三五年以來，連他們是否真的有心理政，都很令人存疑。基本上，他們已經退化成一個「永久的反對勢力」。

在工黨的外圍，存有一些立場極端的黨派，其中最強大的，便是共產黨人。在一九二〇至一九二六年、及一九三五至一九三九年間，共產黨對工黨的影響相當大。他們最主要的成績，就是在整個偏左的勞工運動裡，讓中產階級與社會主義成功地分離。

過去七年來的經驗告訴我們，共產主義在西歐是行不通的。比起來，法西斯主義還是更勝一籌。一國接著一國，隨著納粹黨人的得勢，共產黨人不斷被摒除於外，在英語系國家，他們從來沒有真正的據點。他們所散播的教義，只能吸引某個特定的族群，多半以中產知識份子為主。這些人已不再愛自己的國家，但仍需要感受一下愛國心，因而試圖對蘇俄懷以同胞之情。經過二十年的出錢出力，至一九四〇年為止，英國共產黨仍然只有兩萬名黨員，跟一九二〇年成立時的人數差不多。至於另一個馬克思主義派，則又更微不足道。他們沒有金錢與特權的支助，又比共產黨更執著於上一世紀的階級鬥爭教條，因此只能年復一年地覆誦過時的福音，殊不知這只會讓他們永遠招攬不到追隨者。

在英國，也看不到任何強大的本土法西斯運動，這是因為整體的物質條件並沒有糟得可以，同時也沒有令人眼睛一亮的領導人物。要找到比現成的莫斯里爵士還愚昧的人選，得花費不少時間。他的內在跟陶甕一樣空洞，連法西斯主義裡不可冒犯國家的基本精神都不懂。他只是盲目地從國外仿來那一整套模式，學學義大利的制服與黨務運作、抄抄德國的行軍禮，回頭加上一點欺負猶太人的小把戲，事實上莫斯里還是因為黨員裡有猶太人的關係，才開始發跡的。要有像巴頓利【16】或勞合喬治那樣的領導人物，才有可能創造出一個純英國版的法西斯運動，但這樣的人，只有在社會有強烈的心理需求時，才會出現。

經過二十年的發展停滯、以及失業問題的困擾，全英國的社會主義派系，提不出半點能夠吸引大眾的論調。工黨提出的，是一種不慍不火的改革方案，馬克思主義派則只把眼光放在十九世紀的現代化豐功偉業上。兩者都忽略農業與帝制政體的問題，也都引發中產階級的敵意。那悶死人的左派政治宣傳口號，把所有他們需要的人都給嚇跑，包括工廠經理、飛行員、海軍軍官、農民、白領上班族、商店僱員、警察等等。在這些人的腦中，都以為社會主義是會影響他們生計、或是很具煽動性、思想怪誕，總之就是很「反英國」的東西。只有中產階級裡最無用處的知識份子，才會對它趨之若鶩。

【16】巴頓利（Horatio Bottomley）：色彩多重的記者，身涉不少曖昧不明的活動，經常官司纏身。

一個想要做點事的社會黨派，應該要正視那些目前在左派的圈子裡不宜說出的事實。它必須認清，英國人比其他國家的人民還要團結，勞工們除了鎖鏈之外，還有許多要擺脫的東西，另外，階級之間，無論是外表或是習慣的差異，也都在迅速地消逝當中。整體而言，它應該要知道，那過時的「無產階級革命」，已經成為絕響。然而，在整個兩次大戰期間，我們看不到半個具有革命性與可行性的社會主義計畫出現，這其實也頗為正常，畢竟沒有人期盼看到重大的改變發生。工黨的領導人希望一切如故，繼續領他們的薪水、定期與保守黨互換工作。共產黨也希望一切如故，繼續為他們那不痛不癢的犧牲愁苦、在一次又一次的失利之後怪罪他人。左派的知識份子同樣希望一切如故，繼續暗地裡嘲笑保守軍派人士、削削中產階級士氣，但仍舊巴著他們最愛的食客位置不放。工黨成為保守派的變種，「革命的」政治理念，已成為製造信仰的遊戲。

無論如何，現在的情勢已然轉變，死氣沈沈的日子已經結束。所謂的社會主義者，不能再只是理論性地反抗某個體制，但現實中又欣然接受它。這一次，我們面對的是一個實實在在的困境，是「參孫，菲利斯坦人已然迫近」的情景。這一回，不是讓所有的口號都具體實現，就是從此死了這條心。我們都很清楚，以現在的社會架構，英國是沒有辦法生存下去的，我們必須讓其他人看見這個事實，刺激他們做出回應。若不引入社會主義，我們無法贏得戰爭，但若贏不了戰爭，我們也建立不了社會主義。跟以往的和平時代不同的是，在此當時，我們是可能既具革命性，又能兼顧現實的。這樣的社會主義，可以對在它背後的大群民眾產生影響、讓傾法西斯派份子脫離嚴密的掌控，並剷除嚴重的不公不義；它可以讓勞動階級知道，他們還有要爭取的東西，對於中產階級應該要採勸服而非敵視的態度，要理出一個可行的帝制政策，而非充滿夢話與烏托邦理念的梵梵之音，它會將愛國心與智慧連成一氣——有史以來，這樣的一個運動，終於成為可能。

2

正式進入戰爭狀態，終於讓社會主義從教科書上的字彙，轉為可實行的政策。

在全歐洲，私有的資本主義已被證實是沒有效率的，它所造成的不公平現象，已在倫敦東區得到見證。社會主義者長期以來力抗的愛國主義，現已變成他們手中極為有力的籌碼。從前對一丁點小惠就巴著不放的人們，碰到國家有難的時候，也不得不以國家為先。戰爭，是引發改變的最大推手。它會加速所有的進度、敉平些微的差異、讓現實浮出檯面。戰爭讓人了解，每個人**不是**完全只有一個人而已。當人們認清這一點，他們才可能在戰場上為國捐軀。在這個時候，大家不會去討論必須犧牲休閒的時間、舒適的生活、經濟上的自由、社會的禮遇等等問題，因為很少人會想看到自己的國家被德軍佔領。如果大家都清楚知道，打敗希特勒就等於是祛除階級特權的話，那麼中產階級的大批民眾、從每週僅有六英鎊到年收入達兩千英鎊不等，都會站到我們這一邊。這些人的角色相當重要，因為他們涵括大部分的專業族群。不過，那些空軍飛官與海軍將領們的鄉愿與政治冷感態度，顯然會是相當大的阻礙，但沒有這些飛官與將官等等，我們也撐不過一個禮拜。因此，唯一的方法，就是靠愛國心的激發。一個聰明的社會主義運動，就該好好**利用**他們的愛國心，而不是老是採用挑釁的方式。

照我這樣說來，是否表示不會有反對的聲音呢？當然不是。會有這種想法，也未免太過天真。

事實上，我們將會碰上更為激烈的政治性抗爭，到處都會出現有意無意的破壞行為，有時候甚至得訴諸暴力。想像一下傾法西斯派的反抗運動在印度爆發的情形就好了。我們勢必得面對賄賂、蔑視、與偽善等現象，銀行家、大商人、大地主與股市大戶，政府官員與他們強硬的後台等等，都會為鞏固自己的資本而從中作梗，就連中產階級人士，也會因慣有的生活方式遭受影響而苦惱。儘管如此，基於英國人從未散裂的國家一體感，愛國主義終將戰勝階級間的仇視，多數人的期待將有機會實現。認為一個國家內部能夠相安無事地進行徹底的改革，這種想法實在不切實際，但在戰爭期間，那些可能出賣國家的小群體，確實會比平時要少很多。

目前民意的發展正如火如荼，但事情並不會自動進行得如此迅速。現在這個戰爭，是希特勒帝國的鞏固與民主意識的成長之間的比賽。在英國國內，四處都有旗鼓相當的激戰正在進行——在國會與政府裡、在工廠與軍隊裡、在酒吧與防空洞裡、在報紙與廣播裡。每一天，都有一點小敗戰、一點小勝利。莫理森[17]成了內政大臣——喔，這下又向前推進了幾碼，普里斯萊[18]退出廣播電台——喔，這下又向後退了幾碼。總之，這是一場介於向前摸索與食古不化、年輕與古老、生與死之間的抗戰。然而，要讓那些心有不滿的人停止無謂的抵制、有所決斷，是非常重要的。現在，是讓**人民**決定他們戰爭目標的時刻。我們所需要的，是個簡單明確、能夠全力宣揚、並且凝聚民意的行動計畫。

以下，我僅提出六大項我們可能需要的計畫方向。前三項跟英國的內政有關，後三項則跟大英帝國及世界有關：

1. 將土地、礦藏、鐵路、銀行及主要的工業，全部國有化。
2. 限定所得，讓國內最高與最低的免稅額差距，不要超過十比一。
3. 按照民主的原則，進行教育體制的改革。

4. 馬上給予印度自治領地的身分，當戰爭結束後，讓它有權自行治理。
5. 成立一個君主制的聯合議會，其中包括有色人種的代表。
6. 宣佈成立一個正式的聯盟，集結中國、阿比西尼亞及其他遭受法西斯政權迫害的國家。

這整個計畫的方向，是非常明確的。它的重點，在於將目前這個戰爭轉為一革命性的戰爭，讓英國轉化成一個社會主義的民主政權。在這個計畫中，沒有一項不是讓人一目瞭然、簡單易懂。就我列舉的方式來看，把它刊登在《每日鏡報》頭條應該不成問題，但以本書的用意，我想再多加解釋一番是必要的。

【17】莫理森（Herbert Morrison）：工黨政治家，於邱吉爾戰時的聯合內閣中擔任內政大臣。

【18】普里斯萊（J. B. Priestley）：小說家與劇作家。一九四〇年時，擔任B.B.C. 每日晚間新聞後，一段五分鐘節目《新聞評論》的主持人。

1. **國有化：**

將工業「國有化」寫起來很簡單，但實際上其過程十分漫長與複雜。所有國內的主要工業，都必須正式歸由代表全民的政府來管理。一旦完成這個動作，那些並未實際投入生產、但卻因擁有頭銜與股權而享受利益的**所有權人**階級，就會消失不見。在這樣的「國家即所有權人」的制度下，沒有人能不付出勞力就能好好享受生活。這個制度對工業未來的發展影響有多大，還很難判定。在英國，我們不能突然扯裂整個社會結構，然後重新打造一切，尤其是在戰爭期間。因此，無可避免地，大部分的工業事業體，還是會繼續雇用同樣的員工，至於原先的老闆或管理階層人員，則變成國家的僱員。可以想見，不少中小企業主應該會鑾歡迎這樣的政策。會有意見的，應該是那些大企業家、銀行家、大地主、好吃懶做的有錢人等等年收入都超過兩千英鎊的階級，若再加上靠他們吃穿的人，全英國算一算不過有五十萬人左右。將農有地國有化，等於是切斷地主與什一稅徵收者的生計來源，但不見得會影響到農民。至少在一開始，很難想像英國農業能夠撤除原來的農場單位、全部重新洗盤。一個工作得力的農民，應該可以以領薪的管理人身分，繼續幹下去。事實上，他原本的角色就是如此，只是在舊制下，他還必須努力創造營收、不斷向銀行貸款。針對某些小生意人，甚至一些小型的土地所有人，政府可能就無須介入了，畢竟一開始就把矛頭指向那些小企業主，不會是明智之舉。國家需要這些人，他們整體來講是很能幹的，但要他們做事，必須讓他們有「自己作主」的感覺。無論如何，大致上，政府還是必須設定土地的持有上限（例如最多十五公頃），並且禁止私人在都會區擁有土地。

當所有的產品都歸國有之後，人民將會感覺到，政府**就是他們**。接下來，不管有沒有戰爭，他們都會願意忍受眼前的痛苦。就算表面上，英國並未有太大改變，但一旦主要的工業均正式收歸國有之後，單一階級的獨霸現象，就會馬上崩解。從那時起，大家關心的焦點，將會從所有權轉移到管理策略、從特權轉移到競爭力上。雖然「國家即所有權人」的制度所帶來的社會變遷，可能會比艱苦的戰爭所強加於民的程度來得小，但這仍是必要的第一步，沒有它，就不可能進行**真正的**重整。

2. **所得：**

限定所得，代表必須設定最低薪資，就此，我們得有一個良好的通貨政策，按消費產品的供給量來運作，這表示我們需要一個比現行制度更為嚴謹的配給模式。在人類的歷史走到目前這個地步時，提倡人人所得應**絕對**平等，是沒有意義的。許多例子已經告訴我們，某些工作若無額外的回饋，是沒有人願意去做的，但這份加給也不能過度。實際上，要像我建議的那樣嚴格控管收入，其實是不可能的，在執行的過程中，一定會有不對與疏漏的地方。但是，將差距的上限設在十比一，也不是不合理，在這段差距內，至少讓人覺得可以接受。一週收入三塊英鎊與一年收入一千五百英鎊，多少感覺還算平起平坐，但就西敏公爵與睡在碼頭長椅上的遊民而言，兩者間的對比就不是那麼好說了。

3. **教育：**

在戰爭期間，我們只能期望教育有所改革、不能要求績效，畢竟在這種時候，我們無法保證畢業生都有工作、或者增加小學教師的員額。儘管如此，為走向一個自由的教育體制，有些步驟還是得馬上進行。首先，我們可以廢止公立學院與舊大學的獨招制度，把一些經國家挑選、實力堅強的獎助生送到這些地方。目前的公立學院教育，有部份像是特定階級的訓練所，有部份則是像繳附加的稅額一樣，讓中產階級的子弟得以用錢換取進入某類職場的機會。但現在，情勢已經有所轉變。中產階級開始反對這樣昂貴的教育，他們的撤離也已產生一些效應，而如果持續抗爭下去，可能再過一兩年，大部分的公立學院就會瀕臨破產。令人擔憂的是，某些有能力熬過財務困難的老學校，會愈來愈像是個腐敗的仕紳集中地。至於英國國內那十萬所「私立」學校，有大部分都應該被撤除掉。它們不過是一些學店，教出來的學生，老實說程度常比一般學校的學生差。它們之所以存在，是因為大家普遍覺得，上公立學校有點丟臉。若要平息這樣的想法，政府必須表明，會盡力扛起**所有**教育的責任，就算一開始做個樣子也好。態度跟行動都是很重要的。如果任憑孩子出生的那一刻，來決定他應該受什麼樣的教育，那麼我們口口聲聲呼喊「捍衛民主」，顯然就是荒唐得可以。

4. **印度問題：**

就如我之前提過的，我們能給印度的，不是「自由」，而是一種聯盟與夥伴的關係——簡言之，就是平等。但我們也必須讓印度人民知道，如果他們想，他們也是可以獨立。不這麼做，就沒有所謂平等的夥伴關係，而之前我們宣稱「要為有色人種力抗法西斯主義」的那些話，也不會有人相信。不過，若以為印度人民在知道能夠終結漂流的命運後、就會馬上行動的話，那就大錯特錯。當英國政府**願意**讓他們無條件地獨立時，他們會加以拒絕的，因為一旦有能力這麼做時，原先需要這麼做的理由，已經不存在。

完全切斷兩國的關係，無論對印度或英國來說，都會是災難一場。聰明的印度人一定知道。以現在的情勢，印度不僅沒辦法保衛自己，連餵飽自己都成問題。整個國家的治理，完全靠一個以英國人為主的專家網絡在維繫（工程師、林務官員、鐵路人員、軍人，醫師等等），而且沒辦法在五年十年內完成替換。此外，英語已成為當地的通用語言，而且印度的知識階層，幾乎已全部英國化。如果要轉用其他制度——只要英國人一走，日本或其他外國勢力肯定馬上進駐——勢必會造成一場大混仗。無論是日本人、蘇聯人、德國人或是義大利人來治理印度的話，效率絕對都沒有英國人高，因為他們缺乏所需的專業技術人士，對語言與當地狀況的了解也不足，而且他們可能也沒辦法獲得像歐亞地區那些中間派人士的信任。倘若印度只是純粹「被解放」，也就是說不再受英軍保護，那麼第一個結果，將是再遭受一次外來入侵，第二，則是一連串的大型饑荒，於短短幾年內喪失上百萬條性命。

印度所需要的，是自己訂定一部憲法的能力，英國不需要介入，但可以藉由夥伴的關係提供協助，確保它的國土安全與技術需求。但除非英國成為一個社會主義國家，否則這樣的方式是無法實現的。八十多年來，英國不斷地阻撓印度的發展，一方面是害怕印度工業若高度發展，會反過來與它競爭，另一方面，它也很清楚，落後國家的人民，遠比進步國家的人民好管得多。一般人都曉得，欺壓印度人的，通常不是英國人，而是自己的同胞。當地的小資本家，以極端殘酷的方式剝削鄉下勞工，而農民從出生到老死，一生都掌握在債主的手中。但這一切，其實都是實施英式制度的間接後果，這些制度的目的，大半是要讓印度盡可能地維持在落後的狀態。對英國最為忠誠的，是王族、地主與商人等階級——也就是那些最能在現狀下活得很好的保守階級。只要英國停止以剝削者的關係對待印度，權力的平衡便會開始動搖。從那時起，英國人再也沒有必要去奉承那些帶著金徽象與紙上軍隊的印度王子，或是阻撓印度商業聯盟的成長、讓穆斯林與印度教徒鬧翻、浪費精神去保護那些債主的生命、忍受那些諂媚小官員的問候、捨棄有教養的孟加拉人而就粗俗的廓爾喀族等等。從印度苦力身上到英國雀爾敦罕（Cheltenham）老太太銀行戶頭的資金流動，總算可以告一段落，而那一整個半歐洲半本土、既高傲又自卑的地方仕紳網絡，也至此宣告結束。英國人與印度人終於能一起為印度的發展奮鬥，讓長久以來始終無學習機會的印度人，能夠接受各種領域的訓練。當然，有多少住在印度的英國商政人士會願意投入這樣的遠景——這表示他們必須永遠放棄「大爺」的身分——是另一個問題。不過，廣泛來說，年輕的一輩，以及那些受過科學教育的官員（土木工程師、農林專家、醫生、教育人員等等）應該值得期待，至於高級官員、行省首長、行政官、推事等等，根本沒得指望，不過，他們也是最容易被取代的一群。

以上這些，大致就是一個社會主義政府，可能提供給印度的自治領地制度。這是在世界恢復和平之前，一種可行的、以平等為基礎的夥伴關係。除此之外，我們還要加上允許印度無條件自主的權利，以證明我們不是說說而已。甚且，我們還可**加以必要的變通**，適用在印度身上的，也適用於緬甸、馬來亞、以及其他我們在非洲的屬地。

第5與第6點，應該不須我再多加解釋。倘若我們宣稱打這場戰，是為了捍衛和平、對抗法西斯黨的侵擾，那麼這兩點都是絕對必要的。

期待這樣的政策能在英國引起迴響，難道是不可能的嗎？也許一年前、甚至六個月前還不可能，但現在就不一定了。相反地，就在現在這千載難逢之刻，已有人願意為它進行必要的宣傳。有個發行量近百萬份的週刊，已經準備好大肆放送——就算不**完全是**我前面所提的那一套內容，但政策方向**大致**是差不多的。甚至，還有三到四家日報，也打算為此辦個響應的聽證會。這就是這六個月以來的改變。

這樣的政策是可行的嗎？這完全得看我們自己。某些我所提出的建議，是屬於可以馬上實現的類型，但其他就得花上幾年、十幾年，或甚至一直都未能完全實現。世界上沒有一個政治方案，是能完完整整照本施行的。重點是，類似這樣的理念，要成為我們公開的政策，**方向**始終是最重要的。當然，我們不能指望現在這個政府能夠保證，它會朝革命性的方向去推動目前這個戰爭。有邱吉爾像牽著兩頭馬的馬戲團小丑在前方領導，這樣的政府最多只會妥協了事。在規劃限定所得這類的措施之前，我們必須要先把政權從舊統治階層手中拿掉。假使這個冬天戰爭又再僵持不下的話，我認為我們應該要來場大改選，雖然保守派份子肯定會拼命制止。不過，只要我們有迫切的渴望，不靠選舉，我們還是能得到我們想要的政府，光是由下而上使勁一推，就能實現。至於屆時會是誰來掌政，我不妄加猜測。我只知道，當人們真正想要的時候，對的人就會出現，因為畢竟向來都是時勢造英雄，而非英雄造時勢。

在一年、或甚至六個月內，如果我們仍然未被佔領的話，我們將會看到一個前所未見、絕對獨特的**英式**社會主義運動。迄今為止，跟社會主義扯得上關係的，除了由勞動階級成立、但又從未立志進行徹底改變的工黨之外，只剩下馬克思主義，但那不過是個經由蘇聯人詮釋過的德國理論，移植至英國後成效不彰。簡言之，沒有任何思想，能真正打動英國人的心。在歷史上，英國的社會主義運動，從未譜出像《馬賽進行曲》或《蟑螂之歌》[19]那樣簡單易哼的曲調。若英國出現一個本土的社會主義運動，原本享盡利益的馬克思主義份子，勢必會傾全力攻擊，為它扣上「法西斯主義」的帽子。那些半調子的左派知識份子，老在我們奮力對抗納粹的時候，說我們將會「被納粹同化」。照這樣說來，如果我們跟黑人作戰，他們肯定也會說我們會變黑。事實上，要變得跟納

【19】《蟑螂之歌》（*La Cucaracha*）：西班牙傳統歌謠，於二十世紀初墨西哥大革命期間廣為流傳。

粹一樣，得有相同的德國歷史背景。一個國家，不會光靠革命就擺脫掉自己的過去。一個英式的社會主義政府，將會從上而下、讓整個國家脫胎換骨，但它依然會背負著自我文化的印記，如我在本書前段討論的那些英式獨有特質。

這個社會主義政府，既不會空談理論、也不會凡事講求邏輯。它會摧毀貴族的殿堂，但不見得會廢除君主帝制。它將會讓時光倒錯、令人摸不著頭腦，讓法官頭戴可笑的假髮、士兵頂冠縫有獅子與獨角獸紋扣的軍帽。但它不會讓任何一個階級進行獨裁統治；即使依然以老工黨為中心、成員也多半隸屬工會聯盟，但它會引進大部分的中產階級，讓他們的年輕一代也能參與。它的領導核心，將來自成員不定的階級，裡頭有技工、專家、飛行員、科學家、建築師與記者，他們是屬於一個見證科技進步的世代。但它不會丟棄妥協的傳統、也依然篤信政府之上有律法。它會槍決叛徒，但也會先進行嚴厲的審判、偶爾會網開一面。它會迅速且殘酷地撲滅任何抗爭，卻對公開的言論不太干涉。各種名字的政黨會繼續存在，激進的秘教徒也會持續發行刊物，並像過去一樣乏人問津。它會撼動教會的地位，但不會禁絕宗教信仰。它會對基督教的道德規範保持一定的敬重，三不五時稱說英國是個「基督教國家」。雖然天主教將起而抗議，但只要非國教派與國教派兩大陣營聯合起來，想必馬上就能讓他們閉上嘴巴。總之，這個社會主義政府，將會展現出它與過去同化的能力，讓外人驚訝得說不出話來，甚至讓他們懷疑是否真有革命發生過。

儘管如此，這個政府，仍然會做它該做的事。它會把工業國有化、平衡所得差距、建立一套不分階級的教育體制。為忠於本質，它將會引起有錢人的忿恨，但終會獲得諒解。它的目標，不僅僅是瓦解帝國制度而已，更要進而建立一個社會主義的聯盟國度，只需像擺脫債主、股東與死腦筋的官員一樣，將英國略微抽離統合的旗幟即可。它的戰略，將會迥異於一個以資產為尊的國家，因為它對攝政體制被推翻後的衝擊，一點也不害怕。對於攻擊還有敵意的中立者、或在敵對的殖民地鼓動暴亂，它也毫不畏懼。如此的抗戰方式，會讓它即使是戰敗、也會帶給勝利者不可磨滅的記憶，就像法國大革命給梅特涅[20]的警惕一樣。它帶給那些獨裁政體的威脅，將比現行的大英帝國還大，即使它的軍力不及帝國的十分之一。

然而，此時的英國，生活依然死氣沈沈，而且儘管烽火連連，懸殊的貧富差距仍到處可見。既然如此，我憑什麼說，以上這些事情統統都「會」發生呢？

因為，當我們可用「非一即二」的語態來預測未來的發展時，就表示時候到了。我們要不就是讓這場戰爭轉化成革命性質（我可沒說我們的政策得**百分之百**像我前面所講的那樣，但大致會差不多），要不就吃下敗仗。很快地，我們就能說「路就在我們眼前」，或是完全相反，沒有其他選擇。但無論如何，現在唯一能確認的是，以現行的社會架構來看，我們的內在與外在力量絕對無法全力動員，革命絕不可能成功。

3

愛國主義跟保守主義不僅不一樣，甚至可說是完全相反。它所摯愛的對象時時轉變，卻又神奇地令人感動如一；它是過去與未來之間的橋樑。此外，沒有一位真正革命家，是懷有世界主義思想的。

過去的二十年裡，英國的左派份子流行一副慵懶的頹廢打扮，知識份子對愛國主義與肉體蠻力滿臉不屑，有人極力瓦解傳統道德，並鼓吹「即時行樂、生活於我何益」的態度，這些都對社會帶來很大的傷害。如果我們是生活在這些人想像的破爛同盟國裡，傷害想必更大。一個只有領導與轟炸機的世界，大概只能用災難來形容，但儘管令我們無法苟同，經過焠鍊後，它只有更加堅忍不拔。當一個只想即時行樂的國家，面對的是一群賣力工作、拼命增產報國、且以戰爭為國家工業的民族時，它是無法生存的。英國的社會主義份子，無不以抵抗法西斯主義為己任，但同時又極力推行一些會減損同胞戰力的理念。失敗是當然的，因為在英國，傳統的愛國心總是勝過新創。不過，鑒於一般的英國人都屬於《新政治家》（*New Statesman*）、《勞工日報》（*Daily Worker*）與

【20】梅特涅（Metternich, 1773-1859）奧地利政治家。一八〇九年，法蘭西斯一世任命他為外交大臣。一八一四至一五年組織維也納會議，使歐洲各國之間維持均勢，確保了政府間的穩定。一八一五年後極力反對自由主義思想和革命運動。在「一八四八年革命」後被迫辭職。

《新聞紀事》（*News Chronicle*）的讀者類型，因此當我們必須正面迎戰法西斯主義時，除了那些左派報紙所提倡的「反法西斯」英雄思想外，我們的機會在哪裡？

直到一九三五年以前，英國的左派份子都還是偏向和平主義。在那之後，有一些意見比較多的，突然轉為加入「人民陣線」運動。這個純以反對法西斯主義為命題的運動，從頭到尾就只有一個「反」念、沒有「贊成」任何說得出來的政策，甚至很不爭氣地認為，當時候一到，蘇聯人自然會替我們打這場戰。這種不切實際的想法竟然有人相信，實在令人驚訝。每個禮拜，報社都會收到滿山滿谷的信件，紛紛指稱只要我們的政府裡沒有保王黨員，蘇聯人很難不來與我們並肩作戰。有的則說，我們應該要刊印口號響亮的戰爭計畫（請見康弗〔Unser Kampf〕著，《一千萬個盟友：如果我們選擇的話》〔*A Hundred Million Allies*〕等書），這樣歐洲人民就會起而支持我們。「向外吸取經驗」、「找別人來幫你打仗」等等，始終都是大家一貫的想法。在這背後，隱藏的是英國知識份子可怕的自卑情結，認為英國人已失去戰鬥的本能，也不再擁有持久的耐力。

老實說，我們實在沒有理由認為別人肯姑且為我們出手，為我們打了三年仗的中國人是唯一例外。若我們真的遭襲，或許蘇聯人會因此伸出援手，但他們態度也很明確，只要能不與德軍正面應戰，能免則免。基本上，目前的蘇聯政體應該不希望西方發生任何革命，他們看起來不像是會為英國出現左派政府而雀躍。因此，我們的潛在盟友不會是歐洲人，而是其他。美國人是可能的人選之一，但他們會需要一年的時間來動員所有資源，包括勸服大事業體跟進在內。另一個潛在盟友則是有色人種，但若我們自己不先起頭改革，他們是不會起意支持我們的。一年、兩年、或許三年，英國在很長一段時間內，必須做為世界的動亂緩衝器；我們必須面對炸彈攻擊、超時工作、流行性感冒、了無生氣且不懷好意的和平條件等等，因此，顯然此時需要的是激發、而非削減士氣。我們不該直覺地採行左派一貫的反英論調，而是要好好想想，如果有一天英語文化式微的話，這世界會是什麼樣子。畢竟，當英國被佔領之後，若以為其他像美國這些英語國家能夠平安無事的話，那就太天真了。

哈里法克斯與他的黨羽，認為只要戰爭結束，一切都會回復如前。我們將再回到凡爾賽宮的石板路、回到資本主義的「民主」制度、回到排隊領取失業救濟金與開勞斯萊斯的社會、回到灰呢帽與泡綿褲的世界，**永遠永遠**。當然，這些情況，根本不可能發生。也許基於和平協定，能夠小小實現，但時間不會長久。**任憑自由發展**的資本經濟，已是昨日黃花。現在我們面臨的選擇，是由希特勒一手主導的群體社會，或是將他打敗後所升起的另一種社會。

倘若希特勒打贏這場仗，他將會鞏固他對歐洲、非洲與中東的掌控，而且，假設他的軍隊在勝戰之前尚未過度折損的話，他會想盡辦法奪取蘇聯的廣袤領土。他會設立一個位階分明的種姓制度，由德國的**統治民族**（**Herrenvolk**，「主人種族」或「貴族種族」）來統治斯拉夫人及其他較低等的民族，監督大家生產廉價的農業產品；他會將有色人種永遠貶為奴役。法西斯主義政權與大英帝國主義最大的不和，就在於後者會讓國家走向分化。只要大英帝國的現行制度再持續發展個二十年，印度未來將變成一個農業共和體，僅靠志願的結盟而與英國維持連結關係。這些令希特勒厭惡至極的「半人猿」，有一天將會自己開飛機、製造槍械，如此一來，法西斯主義的奴隸帝國之夢便會幻滅。從另一個角度來說，倘若我們戰敗，等於是把原受我們宰制的人們交給一批新主人，這些新手，不僅毫無經驗，也會肆無忌憚。

更嚴重的問題，則是有色人種的命運。兩種完全對立的人生觀之戰，將一觸即發。墨索里尼曾說，「在民主與獨裁主義之間，沒有任何妥協。」這兩種信條，不可能同時並存。只要民主存在的一天，就算像英國那樣效率不彰，獨裁主義就有危險。平等人權的觀念，已經深植於整個英語文化世界，儘管我們跟美國人並未積極推動，但至少**觀念**是存在的，說不定有一天真的能實現。在英語世界中，倘若整體勢力並未日漸衰微，一個自由與平等人權的國家終將會出現。而平等人權的這個概念——按「猶太教」或「猶太基督教」中的定義——正是希特勒矢志摧毀的目標，他說過這是他的天命。認為「黑人白人一樣平等」、「猶太人也是人」的想法令他厭惡、絕望，就跟無止盡的奴隸制度給我們的感覺一樣。

了解這兩種觀點如何水火不容，是很重要的。我們不難猜想，近期內將會有左派知識份子開始倒向希特勒，這徵兆已經相當明顯。希特勒的正向作為，讓這些六神無主的人們有所寄託，尤其是那些有受虐傾向的和平派人士。他們會講的話，大家應該多少猜得到。一開始，他們會拒絕承認英國的資本主義已經有所演變，亦不同意希特勒的失敗，對英美的百萬富翁來說，不只是勝利而已。由此延伸，他們會說，民主終究和獨裁主義「一樣」或「一樣爛」。反正在英國，言論自由**並不多**，因此跟德國也**差不了多少**。領失業救濟金是個很糟的經驗，因此受蓋世太保的殘酷統治，也**不會糟到哪**。總之，負負得正，有跟沒有都一樣。

然而，事實上，就算上述關於民主與獨裁主義的看法都對，但若就此認為兩者都一樣，那是不對的；即使英國的民主制度無法突破現狀，也不可能為真。軍事化的大陸國家，有祕密警察、有著作監督、有勞役徵召，這跟鬆散的海事民主政權下，有關的貧民區、失業問題、罷工與政黨政治等問題，是完全不同的。兩者的差異，在於一是陸地強權、一是海事強權，前者殘暴、後者無成效，一個愛矇騙、一個愛自欺，一個有納粹黨衛軍、一個有收租人。當人們必須從中選擇的時候，他們所看的，除了當前的國力之外，還有未來的發展潛力。然而，除非有極端的例子擺在眼前，否則大家不會去細想，其實無論民主的程度如何，都比獨裁主義「好很多」。他們只會關心，當危機來臨時，到底是哪一邊會獲得共鳴。那些喜歡拿民主主義跟法西斯主義相比、並「證明」兩者都一樣爛的知識份子，都是從未經歷過現實苦戰的無用之士。他們現在與法西斯主義打情罵俏所表現出的膚淺誤解，跟一兩年前他們批評它的時候一模一樣。事實上，真正該問的問題不應是：「你能找出一個對希特勒有利的辯論『實例』嗎？」而是：「你是否真能接受那樣的狀況？你願意被希特勒統治嗎？你希望見到英國被佔領，還是不希望？」在輕易地與敵人稱兄道弟之前，最好能先確定答案。畢竟，在戰爭中，並沒有所謂的中立；人人都得選邊站。

當危機來臨時，任何一個在西方傳統下長大的人，都不會接受法西斯主義的人生觀。在**此時此刻**認清這一點、並了解其後果，是非常重要的。英語文化中的怠惰、虛偽與不公義，正是阻撓希特勒遂行其志的最大障礙，與法西斯主義的「絕對」教條形成莫大對比。這就是為何所有的法西斯派作家，總一致認為必得摧毀英國勢力的原因。英國必須「被根除」、「被消滅」，必須「永遠消失」。從策略上來說，在這場戰爭中，一方面讓希特勒繼續統治歐陸，一方面又能讓大英帝國屹立不搖、維持海事霸權的地位，是有可能的。但就意識形態而言，這是不可能的。倘若希特勒接受這樣的安排，勢必是在口頭上講講，但心裡卻思忖著如何拿下英國，或找適當時機再度進攻。英國決不可能只甘願當個通風口，讓來自大西洋彼岸的致命想法吹入歐洲的警察國家裡。然而，若欲主導時勢，我們馬上會發現出口十分寬廣，也就是必須多少像以前一樣維護民主的重要性。**維護**，也代表著繼續**伸張**。我們所面臨的抉擇，不只是勝與敗，還有改革或是漠不關心。倘若我們奮力維護的東西全遭摧毀殆盡，有部份一定是因為我們自己的關係。

不過，在英國引進初步的社會主義，將目前這場戰爭轉為革命性的戰爭，卻又吃下敗仗，這情形也是不無可能，是可以想見的。儘管如此，就算結果會非常可怕，情況仍不會比一小撮有錢人與他們僱用的騙子所期望的「和平妥協」要來得糟糕。當英國政府對柏林言聽計從的時候，才是英國的末日，而若在那之前覺醒的話，我們是不會走到那個地步的。就算敗戰已成定局，抗爭仍會持續、**理想**仍會流傳下去。「努力不懈直到戰敗」跟「不戰而降」之間的差別，事關「榮譽」與神勇事蹟。希特勒曾說過，「**接受**敗戰，會摧毀國家的靈魂」，這話聽起來雖聳動，但卻也是事實。法國在一八七〇年的敗戰，並未減損它對世界的影響；在思想上，第三共和反而比拿破崙三世執政期間更具影響力。相較之下，貝當元帥與拉瓦爾所主導的和平妥協，卻是靠抿除國家文化所換得；維琪政府所享有的假性獨立，都是因為放棄法國文化標幟的結果，包括：共和思想、現世主義、對智識的尊重、不帶種族歧視等等。總而言之，倘若我們及時進行改革，就不可能一**敗塗地**。也許，有一天德軍會行進至我們的白廳大道，但在那之前，另一個阻礙德國擴張美夢的行動早已展開。經過兩年半的奮勇抵抗，西班牙人民最後也許吃了敗仗，但總有一天，他們一定會給法西斯黨一記回馬槍。

在戰爭初期，有段莎士比亞的名句經常被拿出來朗誦。如果我沒記錯的話，張伯倫先生也曾經引述過一次。內容如後：

大家手牽手　從四方角落裡走出來罷
我們會讓他們大驚一場：我們無可悲歎
若英國終以真誠自許

如果你解讀得夠正確的話，這段話確實不假。英國必須真心面對自己。當尋求靠岸的遇難者卻遭遣送至集中營、還有公司主管處心積慮逃漏盈餘稅時，它就是沒有真心面對自己。所謂的真心面對，就是跟《名流紀事》（*Tatler*）與《閒人囈語》（*Bystander*）等八卦雜誌說再見，與開勞斯萊斯的貴婦訣別。尼爾森與克倫威爾的繼承者，不應待在貴族的豪宅裡，而是在戰場與街頭上、在工廠與軍隊中、在麥酒酒吧與後院花園裡；只是直到現在，他們都還是被一群鬼影世代給把守著。若跟帶領英國走上檯面的任務相比，就連打贏戰爭都是次要的。藉由革命，我們才能成為自己，沒有別的。我們不能斷然止步，也不能臨時妥協、靠搶救來施行「民主」，更不能站著不動。再怎麼樣，都不能站著不動。我們必須為我們的寶貴遺產做點事，否則就會失去它；我們必須壯大，否則就會萎縮；我們必須向前走，否則就會退步。無論如何，我相信英國，也深深相信，我們將會持續向前邁進。

政治與英語

一九四五年五月

任何對語言有所關心的人大概都會承認，英語的發展已經開始走下坡，但大家通常也認為，對此我們實在無能為力。一般的主張都是，我們的文明在走下坡，因此語言也無可避免地向下沉淪。那些反對濫用語言的支持者，也只能像偏好蠟燭甚於電燈泡、馬車甚於飛機的人們一樣，被掛上「感情用事」、「老古板」等封號。在這樣的批評背後所隱藏的概念，是深信語文乃自然發展，非人們藉以達成個人目的的工具。

很明顯的，語言的沉淪，並非完全是某幾個作家的傑作，而是與政治和經濟絕對脫不了關係。但果也可能成為因，不斷加重原有的影響，讓事情變得一發不可收拾。男人或許會因自暴自棄而尋求酒精的慰藉，但反而因此更加一蹶不振。這正是英語目前面臨的窘境。我們愚昧的想法讓英文變得難看、不正確，而馬虎的語言也讓我們更容易產生愚昧的想法。總之重點是，這個因果的過程是可以相互反轉的。現代英文——尤其是英文的書寫，充斥著許多經由模仿而養成的陋習，而只要多用點心，其實這些缺陷都是可以避免的。若能擺脫掉這些壞習慣，人們的思緒可以變得更清晰，而清晰的思維，正是邁向政治革新必要的第一步。因此，對抗不良的英文，並不是一場無聊的戰役，更不只是專業作家的責任。我之後會再回到這個主題，希望那時大家對於我的看法已有更透徹的了解。在那之前，先來看看五種當今人們慣用的英文語法。

這五小段之所以被選中，並不是因為它們特別糟——如果要，我還可以找出更爛的例子——而是因為每一段，都呈現出目前我們思想的困境。這些句子並不算完全貼切，但也還頗具代表性。我在此先將它們一一編號，以便後續引用參考：

1. 老實說，我並不是很確定，「和十七世紀的雪萊沒有什麼兩樣的米爾頓，並沒有在幾經風霜後，變得和他原就無法忍受的耶穌會創辦者，更加形同陌路」，這樣的說法算不算真確。

——哈洛．拉斯基博士（摘自《言論的自由》一文）

2. 首先，我們不應該像玩打水漂一般，只是隨意地引述一連串的本地慣用字，造出一堆亂七八糟的單字片語，基本的例子如：用「默默承受」來代表

「忍受」，或用「身處迷惘中」來表示「困惑」。

——萊斯特．何本教授《國際通用語言》（*Interglossia*）

3. 在一方面，我們擁有自由的人格：從定義來看，它並不是神經性的，因為它既無衝突也無夢。它的慾望正如其所展現的，一目瞭然，在群體的認可下，成為意識的第一道防線；若引進另一種模式，其數量與強度將受到影響。這些慾望，很少是自然發生、難以更迭或具有文化危險性。但**另一方面**，社會性的聯結本身，根本就是這種自我企求保持完整的交互映照。想想那些關於愛的解釋。這不就是一個小型學院的最佳寫照嗎？在這座滿是鏡面的廳堂裡，個人性格在哪裡？兄弟情懷在哪裡？

——關於心理學的論述，摘自《政治》（紐約出版）

4. 紳士同盟的「好漢」、以及狂暴的法西斯黨領導們，因共同仇視社會主義而連結，而革命波濤的殘酷驚駭，已變成一連串的挑釁活動、不正當的暴力煽動、場場宛如中世紀的毒井事件、合理化他們對無產階級團體的摧殘，並挑起激動的小中產階級份子心中對於沙文主義的熱情，讓他們認為抗衡革命才是解除危機之道。

——共產黨手冊

5. 我們若要為這個古國注入一點新活力，首先必須面對一個相當棘手且極具爭議性的改革，那就是教化、重振英國廣播公司。膽怯只會帶來心靈的腐敗及萎縮。英國或許有一顆強壯的心臟，但現在英國獅的嘶吼卻像莎士比亞《仲夏夜之夢》中的小丑巴頓般，是隻孱弱的小乳鴿。強健的新英國，不能再靠朗豪坊（Langham Place）那衰弱無力的世界，無恥的偽裝成「標準英國人」，持續模糊世人的視覺、甚至聽覺。早晨九點，當英國之聲在空中與大家見面時，若是漏了H的搞笑滑稽發音，都遠比現在一本正經、自傲、壓抑、像學校老師朝著楚楚可憐的小女孩那般大聲嚷嚷地說教，要好很多！

——《論壇報》讀者來信

上述的段落各有不同的錯誤，不過，除了那些可以避免的醜詞陋字之外，它們有兩個共同之處：一是過時的意象，另一則是缺乏精準度。作者要不就是不知該如何表達心中所想，要不就是不小心把東說成西，或者他根本就搞不清楚自己所使用的文字到底有沒有意義。現代的英文散文，特別是與政治相關的文章，最鮮明的就是那不知所云與混然不知的特性。當提起某些特定的主題，水泥開始融解、一切逐漸變得抽象，所有的言論頓時只能在陳腐中打轉：文章中缺乏有意義的**詞彙**，只有層層堆疊的**片語**，就像預先組好的雞舍格架。以下僅就現代散文中常見的結構問題，略舉數則概要說明：

要死不死的隱喻。有一種新鮮的隱喻，是讓人在腦中勾勒出影像，另外一種，是將「冰冷」的隱喻（例如：鋼鐵般的決心）重生為一個正常的辭彙，讓人可以鮮活地運用。在這兩者之間，存在著許多枯槁、毫無指引性的隱喻，人們使用它們，只是因為自己懶得花時間發明字句。例如：**敲響改變的鐘聲**〔**提倡改革**〕、**舉起捍衛的棍棒**〔**全力支持**〕、**嚴禁腳尖越線**〔**嚴守規定**〕、

騎到頭上來〔作威作福〕、肩並肩奮戰〔情義相挺〕、落入他人之手〔喪失權益〕、以斧擊磨〔沒有贏面〕、石磨中的麥粉〔成功的因子〕、在濁水中捕魚〔混水摸魚〕、循著時間的規範前進〔按部就班〕、阿基里斯腱〔致命弱點〕、天鵝之歌〔絕響〕、溫床等等。諸如此類的片語常被無知者胡亂引用，（譬如他們懂得什麼叫「裂痕（rift）」嗎？！）再不然就是將兩個八竿子打不著的隱喻湊成一對，從這些小地方，就可看出作者對於他想表達的事情，一點也不在乎。在潮流的驅使下，有些隱喻的原始意義早已被扭曲，而使用者卻是一點也沒察覺。例如：**嚴禁腳尖**（toe）**越線**（嚴守規定）常被寫成**踏**（tow）**線**。另一個例子是**榔頭和鐵砧**，依現在的用法，似乎總暗指鐵砧遇上榔頭，一定是鐵砧倒楣。但在現實生活中，最後倒楣的總是榔頭，從沒例外。總而言之，作者若能花點時間想想他自己所闡述的事情，就能避免誤用片語。

愛操弄，或為動詞濫接字。這種作法，不需精確地選擇合適的動名詞，因此可節省不少麻煩，但為求字句表面的平衡，反而需要安插許多多餘的音節。

頗具代表性的片語包括：**使……發揮不了作用**、**對……進行抵抗**、**證明……無法接受**、**與……聯繫**、**受……牽制**、**藉此引發……**、**留下空間給……**、**對……產生影響**、**在……扮演領導的地位（角色）**、**讓自身感到……**、**有所見效**、**對……顯露……的傾向**、**為達成……的目的**等等，總之重點就在於剔除簡單的動詞。原本好好的一個動詞用義，如：**破壞**（break）、**停止**（stop）、**糟蹋**（spoil）、**改善**（mend）、**宰殺**（kill），被迫改以一段由名詞或形容詞來襯托的片語來呈現，而一些屬性較為籠統的動詞，如：**證明**（prove）、**服務**（serve）、**構成**（form）、**扮演**（play）、**促使**（render）等，反而變得吃香。除此之外，被動語態比主動語態更受重用、處處可見，再者，動名詞的使用，也漸由名詞化的結構取代（如以**透過……的檢驗**〔by examination of〕代替**藉由檢驗……**〔by examining〕）。因為**使……化**（-ize）與**去……**（de-）兩種組合結構的崛起，動詞的使用量逐漸遭到減縮，平庸的陳述也因為**不無……**（not un-）的組合而變得深奧淵博。簡單的連接詞和介系詞，被下列同類型的片語如：**對……遵循**、**對……在乎**、**事實上……**、**憑著……**、**有鑑於……**、**基於……所好**、**以……為**

前提等用語所取代；而句子的結尾，總被聳動的陳腔濫調，例如**熱切的期盼**、**絕不可加以遺忘**、**希望未來將有一個全新的發展**、**應加以認真考量**、**獲得令人滿意的結論**等等虎頭蛇尾的用句做終。

嬌飾的用語。像是**奇蹟**、**要素**、**個體**（名詞）、**目的**、**類型的**、**有效的**、**實際上的**、**基本的**、**首要的**、**構成**、**展現**、**開發**、**利用**、**消滅**、**清算**等字，皆被用來美化一個簡單的陳述，好讓偏頗的評論，增添些許客觀的說服力。而**引領新時代到來的**、**史詩的**、**歷史的**、**無法忘懷的**、**勝利的**、**古老的**、**必然的**、**無法改變的**、**名副其實的**等等形容詞，則被用來粉飾那些醜陋的國際政治、使之顯得尊貴。當作者想要讚頌戰爭時，他們總是引用一些古色古香的字眼，像是：**領土**、**王位**、**雙輪戰車**、**鐵腕**、**三叉戟**、**劍**、**盾**、**圓盾**、**旗幟**、**長馬靴**、**號角**等等。至於外來語如：**死胡同**（cul de sac）、**舊攝政時期**（ancien régime）、**解圍人物**（dues ex machina）、**必要的修正**（mutatis mutandis）、**現狀**（status quo）、**統一化**（Gleichschaltung）、**世界觀**（Weltanschauung）等，則常被用來增添高雅度與文化色彩。事實上，除了實用的縮寫像是**即**（i.e.）、**例如**（e.g.）和**其它**（etc.），我們實在不需要讓上百種外來語充斥在英文用語中。不專業的作家，特別是那些專攻科學、政治學和社會學的作家，常深深認為拉丁文和德文用語，遠比薩克遜人的文字來得高尚，其他像是**促進**、**改善**、**預知**、**多餘的**、**斬草除根**、**暗地裡**、**水中的**等上百種無用的文字，也常被盎格魯薩克遜人大量接受及使用。馬克思主義文章慣用的術語，包括**鬣狗**、**劊子手**、**食人者**、**小中產階級**、**仕紳**、**僕人**、**奴僕**、**瘋狗及白衣守衛**……等，多是由俄文、德文或法文翻譯過來；但一般若要杜撰新字的話，則是以拉丁或希臘的字根為底，再加上像樣的字首，必要時再補上「使……化（-ize）」的結構。通常用這種方法組字（**像是不分區化**、**不容許的**、**婚外的**、**非零碎的**……等等），比努力思索一個足以完美詮釋的英文詞彙，要來得簡單許多，但是到頭來，這樣只會讓文字的表達，更加馬虎、含糊。

無意義的文字。在某些特定的文章裡，特別是藝術及文學相關的評論，我們常常看到一段段毫無實質意義的長篇大論。嚴格來說，**浪漫**、**可塑性**、**價值觀**、**人性化**、**死寂**、**多愁善感**、**自然**、**生命力**等經常出現在藝術評論中的詞藻，其實不具任何意義，因為它們不僅是無形虛幻，連讀者也對它們一無期待。當一位藝評論家這樣表示：「X先生的作品最吸引人的地方，在於它生動的特質」，而另一位評論家則說：「那瞬間的感動，來自X先生作品中特有的寂靜」，讀者只會認為這是兩種不同的見解。但換個角度來看，倘若作者不用**生動**和**寂靜**等術語、而改以**黑**與**白**來形容，那麼讀者就會馬上發現，這語法的使用是有問題的。相同的濫用情形，也常出現在政治用語中。像**法西斯主義**一詞，現在除了代表「不受歡迎的東西」之外，已不具其它意義。而**民主**、**社會主義**、**自由**、**愛國**、**真實和正義**，則各有其多樣化的意義，是不容概括解釋的。拿**民主**來說好了，它不僅沒有統一的解釋，只要有人嘗試下個註解，就會遭到各方制止。似乎大家都覺得，當我們將一個國家掛上民主的封號，就是表示讚揚：如此一來，造成所有的政權為了自我捍衛，都宣稱自己講求民主，擔心一旦這個字被限定為某種解釋時，自己就不能隨意引用。事實上，這類的詞彙，經常被不實地使用，也就是說，使用者自有自的註解，但也容許訊息接收者有全然不同的詮釋。像**貝當元帥是位愛國之士**、**蘇聯的媒體是全世界最自由的媒體**、**天主教會反對迫害**這類的說詞，多半具有矇騙的動機。至於其它同樣具有多重意義的詞彙，像**階級**、**極權主義**、**科學**、**革新的**、**反動派**、**中產階級**、**平等**……等，也或多或少都被濫用。

既然我已經做出一份辭義詐騙與倒錯的手冊，讓我再提供一個例子，以進一步展現這種寫作技巧的產物。不過，為了能夠充分發揮，這次改以虛擬的樣句為例。我現在要把一段好的英文，翻譯成極爛版的現代英文。以下段落，節自知名的《傳道書》：

> 我又轉念，見日光之下，快跑的未必能贏，力戰者未必能贏，智慧的未必得糧，明哲的未必得資財，靈巧的未必得喜悅；所臨到眾人的，是在乎當時的機會。

以下是現代英文版：

經過客觀地思考當代奇蹟發生的可能性後所做出的結論是：競爭活動中與生俱來的能力並不一定是造就成功或失敗的關鍵，任何不可預期的重要因素都得納入考量。

這是在嘲諷，但不至於太過份。以上述段落3來說，有幾個地方用了類似的拼湊語法。大家可以明顯地看出，我並未將段落完整地翻譯出來。譯過的開頭與結尾，所呈現的意思其實和原創大同小異，但原本段落中那些具體的刻劃——跑、戰、糧——含糊地被「競爭活動」幾個字一語帶過。這是一定的，因為針對我所討論的這一類現代作家——也就是寫出「經過客觀地思考當代奇蹟發生的可能性」這類語句的人——永遠不會把自己的想法，精確而詳細地地整理出來。現代散文的作風，一貫地傾向抽象化。我們再來將前後兩組文句更仔細地分析一下。第一組共有四十九個字，但只有六十個音節，而且全是生活化用語。第二組則有三十八個字、九十個音節，當中十八個字的字根來自拉丁文、一個來自希臘文。第一組有六個鮮明的影像、只有一個或可算是有點含糊的片語（時間與機會）。第二組沒有任何新鮮、有趣的片語，雖然有九十個音節，卻只帶出第一組語意的一半。但無庸置疑的是，第二組句型，確實在現代英文中占有一席之地，支持度也有日漸增高的趨勢。我這樣講，並沒有太誇張。這樣的寫作方式還未普及，但簡化的用詞，將會在文筆差勁的文章中不斷浮現。不過，假設你我被要求用幾句話來探討人類不可預期的命運，結果應該會是前面第二組虛擬句差不多的內容，而非《傳道書》那樣的字句。

誠如我之前想要表示的，現代作文的沉淪，並非只是因為作家為就詞義而選擇用字、並為更清楚地表達而自創比喻，主要是因為他們將別人排列成形的冗長詞彙全部套在一起，試著在矇騙中創造出漂亮的效果。這種寫作方式最大的誘因在於它很簡易，而且習慣後就會很有效率，譬如說**就我看來這樣的假設並不會不合理**，就比說**我想**要來得輕而易舉。倘若你選擇使用現成的片語，你不但不用花時間去思索詞彙，也無需為句子的節奏傷腦筋，因為這些片語或多或少已有既定的和諧性。當你需要匆忙構思時——像是對速記員發號施令、或是發表演說——你就很容易變得做作、滿口拉丁字語。像是這個建議我們將會銘記在心、或**我們全體欣然同意**，便能確保語句不會結束得太突兀。當你選擇使用陳腐的隱喻、明喻和諺語，你用不著花太多的精神，只不過，你想表達的意思會變得模糊不清，不只是對你自己、連讀者也都搞不清楚，這就是隨意混雜隱喻的結果。隱喻唯一的目的，就是在於喚起影像、將表達視覺化。當這些影像自我矛盾時——**法西斯派的八爪團體唱起屬於它的天鵝之歌（絕響）**、**長統靴被丟進鎔爐裡軟化**——我們可以確定，作者所列舉的事物，想必未曾在他腦中浮現過；換句話說，他並沒有用心地思考。再回到文章一開始我所舉出的幾個例子。拉斯基博士（1）在包含五十三個詞彙的段落中，用了五個否定語。其中有一個否定語是多餘的，因此造成整段文字成為一大串廢話。除此之外，「同類」變「異類」的用詞疏失，讓整個段落顯得胡說八道，再加上幾個小小粗心之處，更讓內容含糊不清。何本博士（2）和一連串造出的慣用字玩打水漂，並表示對於諺語當中「忍受」（put up with）不認同的同時，卻不願花時間翻閱字典查一查「爛透了」（egregious）的意思；（3），如果讀者不仁慈以對，那只能說它一點意義都沒有；若下功夫讀完整篇文章，或許有可能得知作者希望傳達的意思。段落（4），作者似乎知道自己想闡述的東西，但集結在一起的那一堆陳腐片語使他哽噎，就像是茶葉堵住水槽的出水口一般。段落（5），詞彙與意義，似乎已彼此脫節。使用這種寫作方法的人，文章裡通常帶有情緒——他們不喜歡甲方，希望表達支持乙方的決心——但針對本身所撰寫的內容細節，則完全不感興趣。事實上，一個謹慎的作家，對於自己所寫的每一句話，至少都會提出以下四個問題：我想要說什麼？用什麼字可以將它做最真實的呈現？什麼比喻或諺語會讓它更清楚明瞭？這個比喻夠不夠新鮮到能發揮影響力？他或許會再多問自己以下兩個問題：我是否能讓它更精簡？我是否說了一些可以避免的醜言陋字？倘若你不願迫使自己花費精神在這個過程上，那麼倒不如直接將一切精簡化，敞開你的心胸，任由現成的片語如排山倒海般向你襲來。你的意志將會為你造句——在某種程度上，還會幫你思考——在有需要的時候，更會提供尊榮服務，將你所想表達的部分意思封存起來，神秘到連你自己都被矇蔽。此時，政治與語言低落之間的特殊關係，便浮上檯面。

在現今社會中，大部分的政治性文章，都可說是不良的作品。當然也有例外，通常這些例外皆出自於抱持反對意見的作家，他們藉由文章抒發自身的看法、不為政黨宣傳。整體看來，無論政黨色彩為何，那些政治性的文章，似乎都被迫遵循一種沒有生命力及互相模仿的型態。不論是手冊、論壇頭條、宣言、白皮書、或是發言人的演講稿內容，政黨間雖各有不同，但總是缺乏新鮮感、活力與自我的陳述。當人們看著疲乏的政客站在講台上，機械化地重複闡述著類似的詞句——**殘忍**、**殘酷**、**壓榨人民的鐵蹄**、**血腥的暴政**、**讓全世界人民自由**、**肩並肩奮戰**——不免會好奇，站在面前的到底是人、還是個傀儡：當看到講者的眼鏡因為光的反射而變成兩個空洞的圓盤、眼睛頓時消失的同時，我們更會對自己的揣測深信不疑。以上所提，並非全然是天馬行空的想像。選擇這類語法的講者，其實正邁向機器人的養成之路。倘若他動動腦筋，為自己想想用詞，那演講就不會僅有咬字正確但相形空洞的發音而已。如果講者只用那一套換湯不換藥的演說，那麼他或許根本就是幾乎無意識地背誦著內容，如同人們在教堂內的直覺回應一般。這只會消磨人們的意識，逐漸達到政治統化的目的。

在現今社會中，大部分的政治性文章和演說，都是在捍衛一些站不住腳的論點。像是延續英國對印度的統治、瓦解蘇聯政權並予以放逐、對日本投下原子彈等等，都是可以被辯護的，只是這些論點通常太過殘酷、讓人民無法接受，而且也與政黨的公開政策背道而馳。政治用語總是婉轉、模稜兩可（互為因果）、含糊不清。無力抵抗的村莊遭到空襲、居民被驅逐到鄉野、牛隻慘遭機關槍掃射、房屋被人縱火：以上的狀況，被稱為**平和**。無數農民的家園遭到劫掠，他們被迫只能帶著微薄的衣物長途跋涉：這叫做**人口遷移**或**重整偏遠地區**。人民無故入獄多年、或被人從背後於頸部開槍，抑或被遣送到北極勞改營後染上壞血病死去：這是**消滅不可靠的份子**。當人們不希望畫面在腦中浮現時，他們便需要此類的措辭。這樣說好了，若有一位文質彬彬的英文教授，嘗試要為蘇聯極權主義辯護，他總不能開門見山地說：「我相信，若殺死對手能獲得最後的勝利，那就該這麼做」。因此，他可能會採取以下的表達方式：

雖然蘇聯政府在掌權時期所使用的一些殘酷手法，遭到人道主義者的譴責，但我想我們不得不承認，在政權轉變的過渡期間，縮減部分反對人士的抗爭權益，是無法避免的過程。為了鞏固最終的成就，蘇聯政府對於人民的嚴苛對待，是情有可原的。

委婉的措辭法是最誇張的。拉丁文字像是雪花般傾瀉而下，模糊事實的輪廓，並將細節完全掩蓋。「不真誠」，是阻礙語文清楚表達的罪魁禍首。當真實的想法與表面公告的想法出現落差時，人們的直覺反應就是用冗長滯怠的詞彙與諺語去填補，宛如烏賊噴吐墨汁的障眼法。在我們這個年代，任何事都和政治脫離不了關係，而政治本身則是由一大團謊言、藉口、蠢事、仇恨和精神分裂的思想所組成。在劣質的大環境中求生存，語言難免受到戕害。正因如此，據我的判斷——由於沒有足夠的資訊去證實，故以下所提純屬個人臆測——這十到十五年來，德文、俄文及義大利文，應該都會因獨裁專政的影響，而沉淪惡化。

倘若思想使語文腐敗，那麼語文亦能腐壞思想。一個錯誤的用法可以透過傳承與模仿散播下去，連明理的人也很難逃過一劫。如同我之前針對貶低語言所作的探討，我們不難發現，其實這個方式的確相當便利。**非不能合理化的假設、留下許多值得改善的地方、並不會帶來任何益處、這個建議我們將會銘記在心**之類的語句，是種持續性的誘惑、永遠在手邊備用的阿斯匹靈。回頭再將這篇論文看一遍，你會發現我不斷地重複引述那些不該犯的錯誤。今天早晨，郵報內夾著一份探討德國現況的手冊。作者告訴我，有一股力量驅使他創作。隨意翻開後，以下是我看到的第一個句子：「（聯合國）有機會在不牴觸德國國家主義的情況下，協助德國重整其社會及政治結構，並為統合整個歐洲紮下基礎。」你看，他說自己之所以會寫出這篇文章是因為「被一股力量驅使著」——感覺起來，似乎是想發表什麼新鮮的想法——但他的用字（**紮下基礎**、**德國重整**），卻像是聽令於軍號的騎兵隊，自動地排列成枯燥乏味的隊形。總之，唯有持續保持警戒心，才有可能防範現成的片語入侵，畢竟每一句片語，都會讓我們某部份的腦細胞產生痲痺。

如我之前所提，其實語文的腐敗是可以被治癒的。若反對的人能夠提出論點，他們會辯駁道，語文是當今社會現象的倒影，我們不可能光靠詞彙與結構的修修補補，就能改善它的發展。表面上或許是如此，但若仔細來看，可就不是那麼一回事。愚蠢的詞彙和表達會消失，不是因為經過進化，而是因為少數人的自覺。像是最近，就有**搜遍大街小巷**、**翻遍地上所有石頭**這兩句話，被幾位記者的一番調侃給扼殺光光。總之，只要大家有心，就能用相同的方法，將一大串髒兮兮的隱喻統統祛除；如此一來，**不無……**（not un-）的語文結構將被視為笑話，拉丁文與德文出現在英文裡的次數將逐漸減少，外來片語和離題的科技詞彙將被剔除，矯飾的用語也將被打入冷宮。不過，無論如何，上述的論點都是次要的。所謂捍衛英語的用意非僅於此，如欲釐清，或許可從何者**並非**是捍衛英語的用意來談起。

首先，捍衛英語，與守舊、搶救已被淘汰的用字、或豎立「標準英文」的想法毫無關係。相反的，它主張祛除已無用處的詞彙和諺語。只要意思能被精確的傳達，它不在乎文法和句法是否正確、是否刻意迴避美式風格、或是擁有

「散文佳作」的封號。一方面，它並不提倡虛假的精簡或英語寫作的口語化，另一方面，它也不主張只能用薩克遜文、不能用拉丁文，它只是強調，我們要用最簡潔的詞彙、精準地表達。總而言之，就是應該讓意思選擇詞彙，而非由詞彙選擇意思。在散文中，向詞彙投降是最悲慘的狀況。當你想用文字去形容腦中所想的形體，你必須努力地尋找最佳的形容詞，絕不可輕易放棄。當想像一個抽象的物體時，你必定會一開始就想使用某些詞彙，除非你很努力的克制慾望，否則那些既有的方言一定會傾巢而出、為你完成任務，但它們也會讓一切變得含糊不清、或者根本與你的原意差上十萬八千里。如果可以，在找到能和圖像或感覺一般清晰的文字之前，最好別輕舉妄動。接下來，就可以選擇——並不只是單純的**接受**——能夠確實表達意思的片語，最後，決定自己所挑的詞彙，將帶給他人什麼樣的印象。意識最後的努力，就是祛除所有陳腐或混雜的意象、現成的片語與無益的仿製品、謊言與模稜兩可的辭義。不過，有時人們不免會懷疑詞彙或是片語的影響力，因此當直覺不管用的時候，我們還是需要依循可靠的規則。在此僅提出幾點規則，供大家當作參考：

一、絕不使用報刊中常見的隱喻、明喻或其他修辭法。
二、若有短語可用，就不使用長詞。
三、如果有刪去任何詞句的可能性，就儘管做吧。
四、若能使用主動語態，絕不使用被動語態。
五、若日常英語可以精確表達，絕不使用外來語、科技詞彙或術語。
六、寧可突破以上的規則，也不要援用任何粗俗的字眼。

這些規則看來相當基本，它們也確實是，不過提出這些規則，主要是希望慣用現代英文的人們，可以徹底改變自己的寫作態度和習慣。遵循規範的人或許還是會造出不良的英文，但卻不會寫出我在本文開頭列舉的那五類文章。

我在這裡，並不是想以文學的角度來探討語文的用法，而是把語文當作表達想法、而非封閉或抑制思考的工具。蔡斯[1]等人曾提倡，所有抽象的詞彙都

【1】蔡斯（Stuart Chase）：美國的社會主義派科學家。

不具任何意義，藉以當作政治沈默主義的藉口。既然你們不知道法西斯主義是什麼，那為何拼命反對？我們可以不面對這樣的荒誕言論，但我們必須理解，當今的政治亂象，與語言的腐敗實有密不可分的關係。因此若希望改善現況，我們可以從言辭上著手。如果你將自己的英文精簡化，那麼你就能擺脫正統思維下的愚蠢行徑。你不會去使用那些人人愛用的方言，因為只要你做出愚蠢的評論，就會顯得非常愚蠢，連你自己都不得不察覺。政治性的語言——從保守黨到無政府主義派，所有的政黨都一樣——都是為了以假亂真、讓殺戮變得值得尊崇，並使空話聽起來煞有其事。我們或許無法在一時之間，讓現有的情況完全改善，但至少我們可以由改變自身的習慣做起，有事沒事，把嘲笑的分貝放到最大，讓一些毫無益處的片語——**長統靴**（jackboot）、**阿基里斯腱**（Achilles' heel）、**溫床**（hotbed）、**鎔爐**（melting pot）、**酸性測驗**（acid test，**嚴峻的考驗**）、**真實的煉獄**（veritable inferno）、或其它成堆的濫辭廢話等等——統統丟進垃圾桶，那才是它們該去的地方。

博雅文庫 208

我為何寫作

Why I Write

作者　喬治・歐威爾（George Orwell）
譯者　張弘瑜
發行人　楊榮川
總經理　楊士清
總編輯　楊秀麗
副總編輯　陳念祖
封面設計　姚孝慈

出版者　五南圖書出版股份有限公司
地址　106臺北市和平東路二段339號4F
電話　（02）2705-5066
傳真　（02）2709-4875
劃撥帳號　01068953
戶名　五南圖書出版股份有限公司
網址　https://www.wunan.com.tw/
電子郵件　wunan@wunan.com.tw
法律顧問　林勝安律師事務所　林勝安律師
出版日期　2009年 4 月初版一刷
2018年10月二版一刷
2022年 9 月三版一刷
定價　新臺幣280元

國家圖書館出版品預行編目資料

我為何寫作 / 喬治・歐威爾(George Orwell) 著；張弘瑜譯. -- 三版. -- 臺北市：五南圖書出版股份有限公司, 2022.09
面；　公分
譯自：Why I write
ISBN 978-626-343-106-5(平裝)

1.CST: 歐威爾(Orwell, George, 1903-1950)
2.CST: 寫作法

811.1　　111011462